勇毅前行

「我們一起悅讀的日子」作文選

太平書局

目　錄

前言

　　由香港中華出入口商會（中出商會）獨家贊助，與香港教育工作者聯會（教聯會）聯合主辦的第8屆「我們一起悅讀的日子」書展閱讀活動，分別於2023年7月20及21日在香港書展期間舉行，約1000名本地師生參加，文化體育及旅遊局楊潤雄局長、教育局蔡若蓮局長分別為中學和小學組別擔任主禮嘉賓。

　　中出商會會長貝鈞奇、副會長兼秘書長溫幸平，榮譽會長、進出口界立法會議員黃英豪，榮譽會長陳勁，永遠名譽會長姚志勝和教聯會主席黃錦良擔任籌委會顧問，對籌辦今次活動予以支持和指導；籌委會特別對中出商會前任秘書長陳勁過去七屆對本品牌活動的創辦及發展，及現任秘書長溫幸平繼續大力統籌推動，為今屆活動注入新元素表示感謝！相信「悅讀活動」在溫秘書長的帶領下，會繼續與合辦機構合作努力，把悅讀活動延續下去，為更多孩子打開閱讀寫作之門。

　　第8屆籌委會主席李文斌代表中出商會致辭時表示，今年（2023）活動的主題是「勇毅前行」，鼓勵學生即使面對逆境，亦要敢於接受挑戰。他表示籌委會邀請了多位重量級人士擔任分享嘉賓，行政會議成員高永文醫生和消防處處長楊恩健分別擔任中、小學組的分享嘉賓，藉着他們的分享，讓同學們汲取經驗，增強自信心，勉勵他們勇敢堅毅地往前走，建立社會責任感，日後能服務香港。

　　合辦機構之一、籌委會副主席教聯會代表林泳施致辭時表示，自2015年至今，「我們一起悅讀的日子」已舉辦8次，吸引了超過

7000 名中、小學生參與，活動的目的是希望培養學生閱讀的習慣及寫作的興趣。

籌委會副主席張文嘉、副秘書長王紫雲（代表籌委會副主席姚明耀）亦分別於小學組別和中學組別致謝辭，他們感謝各界人士對是項活動的大力支持，並表示中出商會在這項活動中，前後至今投放了接近 $1,000 萬元資金。是項活動能愈辦愈成功，實有賴各方人士鼎力支持。

教聯會副主席梁俊傑校長親臨參加，中出商會副秘書長李淑媛為今次活動擔任司儀，副會長王賜豪、梁毓雄、何志豪、李秀恒、陳少山、陳建年、副秘書長李志峰、常務會董朱國基、趙鍾月瓊、會董張洪鈞、區艷龍、麥家昇、宋晞綸，為活動增添光彩！

大會亦對敬言義工隊、中出義工會員的支持表示感謝！

「我們一起悅讀的日子」活動籌委會

2024 年 2 月

「我們一起悅讀的日子」籌委會寄語

　　中出商會與教聯會希望透過活動，鼓勵本港青少年養成熱愛閱讀、快樂閱讀，啟發感想並動筆寫作的習慣！

籌委會顧問
香港中華出入口商會
會長貝鈞奇, SBS, BBS, MH

　　中出商會在這項活動中，前後八屆合共投放了接近 $1000 萬元資金，充分說明中出商會對香港青少年正向發展的擔當。是項活動能愈辦愈成功，實有賴各方人士鼎力支持！

籌委會顧問
香港中華出入口商會
副會長兼秘書長溫幸平, JP

本着服務基層學生的初衷，堅持以推動閱讀、寫作為目標，並不斷完善充實，以及注入新元素，為師生帶來新鮮感，令其更具活力及吸引力。

籌委會顧問
香港中華出入口商會
榮譽會長陳勁, JP

相信閱讀的神奇力量，帶領人們穿梭時空，探索不同文化。

籌委會顧問
香港教育工作者聯會
主席黃錦良校長, BBS

今年活動主題是「勇毅前行」，希望藉着這個主題，鼓勵大家要有勇氣接受挑戰，解決困難，繼續向前行。

籌委會主席
香港中華出入口商會
副秘書長兼工商事務委員會
主席李文斌 , MH

閱讀是人類獲取知識、啟智增慧、培養道德的重要途徑，希望活動能夠越辦越好，使活動得以延續。

籌委會副主席
香港中華出入口商會常務會董
兼內地事務委員會
副主席張文嘉議員

書籍的使命是將前人積累的豐富經驗和知識，世世代代地傳承下去。

籌委會副主席
香港教育工作者聯會
副主席梁俊傑校長

主禮嘉賓勉勵

文化體育及旅遊局局長楊潤雄

　　今年活動的主題是「勇毅前行」，鼓勵學生即使面對逆境，亦要敢於接受挑戰。青年人是國家未來的棟樑，需要有寬大的志向和堅忍的毅力，為建設香港、建設國家作出貢獻。通過閱讀，同學們可以更加認識祖國、認識香港、豐富學識，充實自己，迎接未來。

教育局局長蔡若蓮

　　閱讀是開啟智慧之門的鑰匙，帶領我們穿梭於古今中外，跟不同年代及地域的作者交朋友，豐富知識和內涵；站在巨人的肩膀上看世界，登高望遠，開闊眼界。

　　閱讀讓我們用古人的智慧看現今生活，有助解決眼前的疑難。當遇上挫折時，書本彷如良師益友，默默陪伴我們左右，實現跨越時空的心靈對話。我鼓勵大家多看書，增長知識和滋養心靈。

嘉賓分享

由於家人患病,經常進出醫院,於是,便立志成為醫生,後來真的當上醫生,但在面對病人時,即使是醫生,仍會遇到很多兩難局面,要果斷、勇敢地作出決定,為病人提供最適切的治療。

行政會議成員高永文 , GBS, MH, JP

消防處的信念和價值觀正配合今年活動主題「勇毅前行」,早前土耳其發生大地震,募集前線消防人員參加救援行動,即使他們面對當地有機會出現餘震、恐襲等問題,仍然願意參與救援工作,勇敢接受面對困難。

消防處處長楊恩健 , FSDSM

　　閱讀可以幫助我們從書本學習前人的經驗,透過閱讀抒發心中的低落感。同時,可訓練創造思考能力,在作文時,同學們應從生活和閱讀中,找到創作的靈感。

作家朱穎詩

　　每個人對事物,都有不同的領悟,在寫作的過程中,要將自己的感受抒發出來,但切記要貼題,例如寫「開心香港」時要寫出香港特色。

作家黃獎

　勇毅前行 ——「我們一起悅讀的日子」作文選

如果我是……

如果我是一隻鳥

黃詩惠　鳳溪第一中學

　　清晨，溫暖的陽光照進窗戶，打亮了光影處的點點星光，一束陽光照在我臉上將我喚醒，我揉了揉眼睛從床上坐起。當我看向窗外，幾隻鳥從湛藍色的天空飛過，可轉眼之間卻又飛向遠方不知所蹤，只留下那依稀迴蕩在耳邊的鳴叫聲。

　　「如果我是一隻鳥該多好，我真想成為那自由快樂的鳥兒，只飛翔在世間，沒有煩惱地生活」我在心中暗暗許下這個願望。

　　上天像是聽到了我的願望，給了我一次實現願望的機會，我突然兩眼一黑，倒在了床上，而當我再醒來時，我發現自己在一片樹林裏，我從蛋殼裏探出頭，身邊有很多羽翼豐滿的鳥兒，我不禁愣了一下，我的願望……竟然成真了。

　　我被鳥媽媽一直餵養着直至我光禿禿的皮膚上長滿能夠抵禦寒冷、保護自己的羽毛，她溫柔地教我如何像她一樣在天空中自由飛翔，我一次次地嘗試卻又一次次地失敗，我開始後悔許下這個願望，我害怕我一輩子都是一隻鳥，一隻無法在天空自由翱翔的鳥，我想變回原來的我，可我發現無論再怎麼許願都無濟於事。

　　在鳥兒的世界里流傳着一首飛翔的歌謠 —— 動聽的鳴啼混合着微涼的風傳入耳朵，所有會飛的鳥兒都聽過這首大自然交響曲，它總能在我失敗時撫慰着我煩躁不安的情緒，終於，我離開了媽媽的懷抱，獨自面對森林里未知的危險，踏上屬於自己的旅途。

　　由於我不能像其他鳥兒一樣展翅飛翔，我只能躲在暗處取食着掉落在地上的漿果和蟲子，我有些迷茫，不知道將來的日子應當何去何從。我在偶然間聽到了前輩飛越危險重重的山谷，我向他投去

崇拜羨慕的目光，我向他詢問飛行的決竅，而他對我說：「飛行的訣竅在於勇氣與決心，當你有足夠的勇氣直面自己的內心，你也能像我一樣飛翔。」聽完這話的我不禁愣住了，想了想自己似乎從來沒有真正面對過自己的內心，也忘記了自己到底是因為甚麼才許願做一隻鳥，也許我只是看到了自由快樂的表面卻從未設想過飛翔和面對重重危險的艱辛，他的一番話讓我從迷茫之中醒悟，我有了前進的目標——我要成為自己的英雄，我開始找尋他口中所講述的山谷，我想和他一樣飛翔，破開屬於自己的一片天空！

直到一個暴雨天，我終於找到了那個山谷，冰冷的雨水打濕我的羽毛，凜冽的寒風吹着我小小的身體，讓我有些顫抖，但我沒有退縮，在漸大的風和雷電中我越發地堅定了自己的內心，我朝着山谷的最高峰走去，在風雨中用沙啞的嗓音歌唱着屬於鳥兒的歌，我張開雙翼向下跳去，終於在這一刻我學會了飛翔，我像他一樣獨自飛越了山谷，飛向了屬於我自己的未來。

我將飛翔的勇氣與訣竅編成故事講給一個個曾經的「我」，我把故事與歌謠傳唱，直到我的翅膀再也無法扇動，直到我的身體被濕潤的泥土包裹，直到我沉睡於大地母親的懷抱裏⋯⋯

直到這時我從夢中醒來，我才知道這是一場夢，這場夢太過真實，令我一時有些手足無措，我的汗水順着額頭劃過臉頰，我看向我的雙手，這時我才終於知道自己羨慕的不是鳥兒的自由歡快，而是牠們那顆勇敢的心與堅定不滯的意志，而我真正想成為的其實不是鳥兒，而是敢於勇敢面對內心的自己。

如果我是一朵蒲公英

左一妍　佛教大雄中學

　　如果我是一朵蒲公英，我便能因為我堅強的性格，不用害怕狂風暴雨，肆意地生長在我喜歡的地方。我不害怕狂風暴雨的原因並不是因為我很強壯，任風雨摧殘都不會有損失。相反，我的花瓣只要被大風一吹便會散開，十分脆弱。但我對此並不覺得擔憂，因為我的適應力和生命力都很強，更重要的是，不管風將我帶到哪裏，我都相信自己能再次生根發芽，在另一個地方繼續長大。

　　如果我是一朵蒲公英，那我希望可以隨意地長在一條絡繹不絕的馬路邊。白天，我會好奇地張望那來來往往的車輛，看着上班下班時段匆匆駛過的車，看着假日悠悠駛過的車；我會立起耳朵，聽着由那些汽車發出的各種聲響，聽着急躁的鳴笛聲，聽着車窗傳出的音樂聲，湊湊馬路上的熱鬧。晚上，我會舉頭四望，看着馬路上車輛之間的光影斑駁，看着大廈的霓虹燈閃閃發光。到深夜我便在路邊吹着那徐徐的晚風，享受馬路的寂靜。

　　如果我是一朵蒲公英，我將擁抱自由和冒險，勇敢地追尋夢想，乘着風四處旅行，到蔚藍的天空上俯瞰大地，平常看着高大的建築在此刻也變得渺小，棵棵大樹變成了點點青蔥。隨即，我又飄到海邊，觀賞大海，看着那片片的浪花，一片接着一片地拍上沙灘。及後，我又飛到森林，與蝴蝶們共舞。

　　當我的旅程即將結束，我知道我的使命已經完成。我的種子已經散播到遠方，把生命的希望帶到地球的每一個角落。我將我的餘韻留給大地，為它的美麗再添一抹色彩。我的生命或許短暫，但我的存在卻留下了一個永恆的印記，在人們的心中播下種子，讓他們相信

未來的美好。無論如何，我都會堅持着，綻放出屬於自己的美麗。

如果我是一棵大樹

黎奕菲　香島中學

　　我曾無數次想像過自己成為一棵大樹，我會舒展我茂盛的枝葉，努力為人們遮風擋雨，並且提供遮蔭的地方。我會開出最美麗的花朵，供人們欣賞，紓解他們一天的疲勞；我會努力長大，給予動物一個家。

　　「媽媽你快看，那裏有蝴蝶，好美啊！」一個小女孩喊道。隨後，伴來「吱吱」的小鳥聲。在我的腳旁，更加感受到有人依靠着我休息。

　　這到底是甚麼情況？我的手，變成了樹枝，向外蔓延着，更被一片片葉子包圍。我的腳更加變成了堅硬的樹根。我自言自語道：「我變成了大樹。」

　　幸好現在是秋天不算熱，我身上的是楓葉嗎？真的好美，終於明白為甚麼文章裏總是寫秋天的樹，是穿了火紅色的衣服。看來這位名為「四季」的設計師是真的很有天賦。

　　啊！好癢，是誰？是誰在「偷襲」我？原來是可愛的松鼠，我還是第一次這麼近距離觀察松鼠。他是在給我撓癢癢還是在按摩？「吱吱」，一聲悅耳的叫聲傳進了我的耳畔裏，我猜應該是小鳥妹妹。我自豪地說：「小鳥妹妹，你回來了，是來看你的孩子嗎？放心，有我幫你看着牠們，你不用擔心」。小鳥妹妹感激地說：「謝謝您，大樹哥哥」。如果我是大樹，我一定會和動物們好好相處，享

受着那種大自然中的快樂。

「好累啊！」一把男生的聲音傳入耳畔，我低頭看了看，那人是靠着我的身軀歇息嗎？我可以成為人們的依靠，能為人們奉獻，我心裏樂滋滋的，而這種感覺，是我小時候就渴望的。我仍記得我跟媽媽說：「媽媽，我告訴你一個大秘密，你不許告訴別人，那秘密就是我以後一定會成為一個像警察一樣正義、像消防員一樣勇敢、像醫生一樣無私奉獻的人！」沒想到，小時候無法完成的夢想，現在竟會以這種方式來達成。為辛勞的人們遮風擋雨，應該就是一棵大樹一生中最開心的事了……

如果我是大樹，我會好好瞭解樹木本身。當我準備尋找答案時，一把聲音傳入我的耳朵，「1123 號，我又來找你聊天了！」它是在叫我嗎？我疑惑地看了看四周，才開口問道：「你是在叫我？你是？」我旁邊的那棵大樹向我解釋到：「你忘了嗎？我們是根據人類種樹的先後順序來定的名字，所以你是 1123 號，我是 1124 號，不過現在已經有很多兄弟姊妹失去了性命，人類現在過度砍伐樹木，讓我們失去了很多兄弟姊妹。我們從一開始看着他們長大，到後來看着他們砍伐我們……好了，不說這些了，你快看那邊！」我努力拋開那沉重的心情，轉個頭去看，夕陽引入眼簾，我目瞪口呆，破口而出：「好美啊！」。腦海裏，突然冒起小時候看到書中的句子：「那魔術般的光輝燦爛、誘人而無私，在美的光輝的沐浴裏，寒冷的心裏的隔閡在悄悄地消融。」小時候還不懂，但現在成為大樹的我終於明白了……

「快起床，你忘了要上課嗎？」我呆呆地看着眼前的一切，原來這是一場夢，可是我的腦海裏卻依舊迴響着大樹的身影，迴蕩着大樹說的話。

我決定了！我要去幫它們。它們為我們，為大自然無私奉獻，加上它們也是人類的好朋友，我們有責任去保護它們。

如果我是彩虹

溫梓琳　佛教大雄中學

暴風雨過後，當天空接受了雨的洗禮，太陽的光芒穿透雲層 —— 我便出現了。我為天空帶來色彩的虹光，展示着七彩的光芒。我是大自然環境裏最迷人的風景，亦是大自然給予人們的饋贈。如果我是一道彩虹，我便如同那道通往奇妙世界的橋樑，連接着人們心中幻想世界的另外一個盡頭，是人們對希望和奇蹟的象徵。

當人們抬頭仰望我時，都會立刻停下匆匆忙忙的腳步，並且驚羨我的瑰麗。我的出現，是大自然的恩賜，只是一個瞬間，亦是一個轉瞬即逝的奇蹟。我在湛藍的天空中綻放，鳥兒掠過我的身體，帶來無窮無盡的生命力。我帶來喜悅與快樂，讓人們能夠忘卻生命中的煩惱和悲苦。

如果我是一道彩虹，我將成為人們的靈感來源。藝術家們會運用我身上所存在的顏色描繪出色彩斑斕的畫作，詩人會為我寫下嘆為觀止的詩篇。我會是他們生活中的一部份，創下世間的傳奇，亦將那瞬間的我記錄在詩詞畫作間，留下痕跡。

如果我是一道彩虹，我會是人們心中的慰藉和溫暖。當人們遇上困境和挫敗時，就會抬頭仰望，向天空尋找我那綻放的七色虹光，我想告知他們，雖然生活時常在消磨我們的意志和熱誠，亦給我們佈下重重的考驗和挑戰，但儘管在這最黑暗的時刻，那道曙光也依舊存在的。

如果我是一道彩虹，我將希望長存於人們的心中。我是大自然的恩賜，一個令人難忘的奇蹟。我提醒着他們即使在最混沌的世界裏，希望和愛是猶存的。我亦是在漆黑的晚上，像霓虹燈一般發出

光芒，照亮人們生命的去向。

就讓我們大膽地去追逐那七彩之光，勇敢而堅定地走向更加美好的未來。

如果我是海洋生物

梁穎娜　寶血女子中學

如果我是海洋生物，我會控訴日本排放核廢水的罪行！

因為日本排放核污水到海洋，而且核污水處理後仍然有許多對人類有極大傷害的化學物質，雖然日本政府宣稱核污水已過濾並達到聯合國世界衛生組織的標準，但那些具有「超鈾」放射性的化學物質無論過濾多少次都沒有可能達到聯合國世界衛生組織的標準。具有「超鈾」放射性的化學物質，比如有釕、鍶、銫，在一般的核電廠裏是不會排出這麼高毒素的放射物，日本政府與運營福島第一核電站的東京電力公司（TEPCO）強調，這些核廢水將經過「先進液體處理系統」（ALPS，又譯多核種除去設備）處理，再排放大海。ALPS 據稱能過濾多種放射性物質，但氚除外，綠色和平則在 2020 年 10 月發表的自家研究報告中指出，ALPS 無法過濾的還有碳 14，並指責日本當局隱瞞。核污水，在福島第一核電站內，曾接觸受損機組的水受放射性物質污染，然後進液體處理系統（ALPS，又譯多核種除去設備），污水經過淨化，去除氚以外的大多數放射性質。氚是氫的放射性同位素，難以從水分離，之後進儲水罐，經淨化的核污水被轉到儲水罐內保存，再稀釋，經淨化污水須以海水稀釋至少一百倍，將氚濃度降低至每公升一千五百貝克（1500B9/L；日本監管標準上限為 60000BQ/L），最後排放大海「ALPS 處理水」，

可排放到海中，排放過程將持續三十年。

雖然經產省的宣傳冊子稱：「將 ALPS 處理水排放入大海的情況下，一整年的輻射影響非常小，不及從自然環境所受的輻射影響的十萬分之一。」但我認為人類並沒有設身處地地考慮我們海洋動物的存亡！

更何況綠色和平文章警告，碳 14 的半衰期長達 5730 年，它能融入到蛋白質、核酸等細胞組成當中，造成的核酸損傷或能導致細胞死亡或潛在的遺傳突變。克羅夫切克博士評論說，綠色和平正確地指出了碳 14 在福島核廢水中的存在，但其生物半衰期約為 1 個月且同樣會被排出體外，因此留在人體內的輻射劑量偏小。反而同樣在福島核廢水中出現的鍶 90、碘 129 和銫 137，其生物半衰期長許多，會殘留在人體骨骼、牙齒、甲狀腺與肌肉中幾十年，造成更大的輻射劑量。

克羅夫切克認為，東京電力公司等提出 ALPS 系統存在諸多缺陷，因此福島核廢水得經過多次過濾，確保符合世衛組織飲用水標準後，方可排放，但是我仍然認為不應該排放，不應該讓我們海洋生物來承擔風險！

如果我是老師

鄭莉　寶血女子中學

　　如果我是老師，我會以一種全新的視角看待教育，我不僅僅是一個知識的傳授者，而是一個引導者、一個啟發者、一個幫助孩子們發現自我、實現夢想的人。

　　如果我是老師，我會盡可能地讓我的課堂生動有趣，我會嘗試各種有趣的方法來激發孩子們的學習興趣，讓他們從被動的接受者變成主動的探索者。我會把遊戲、音樂、舞蹈、戲劇等元素融入課堂，讓孩子們在輕鬆愉快的氛圍中學習知識、提升能力。

　　如果我是老師，我會更加註重培養孩子們的批判性思維。我會鼓勵他們提出自己的疑問，對知識進行深入的思考，而不是簡單地接受書本上的知識。我會引導他們去分析問題、尋找答案，培養他們獨立思考、解決問題的能力。

　　如果我是老師，我會鼓勵孩子們發揮他們的特長和興趣，我會尊重他們的個性差異，讓每個孩子都能找到自己的優勢和興趣點，從而激發他們的學習熱情。我會組織各種課外活動，讓孩子們在實踐中學習，增強他們的團隊合作能力和領導能力。

　　如果我是老師，我會關心每一個孩子的成長和發展。我會傾聽他們的心聲，了解他們的需求，幫助他們解決學習和生活中的困難。我會鼓勵他們分享自己的想法和感受，讓他們感受到被理解和被尊重。

　　如果我是老師，我會始終保持一顆童心，我會和孩子們一起學一起玩耍一起成長。我會用我的行動告訴他們，學習是一件有趣的事情，生活是一種美好的體驗。

　　如果我是老師，我會盡我所能去幫助每一個孩子實現他們的夢想。我會鼓勵他們勇敢地追求自己的目標，不怕失敗，勇於挑戰。我會讓他們知道無論他們走到哪裏，我都會是他們最堅實的後盾。

　　如果我是老師，我會盡我所能去創造一個充滿愛與關懷的環境，讓每一個孩子都能在這裏找到屬於自己的位置。

如果我是奧運會冠軍

吳紫穎　粉嶺救恩書院

　　伴隨着時鐘「滴答、滴答」的聲音，奧運會離我們越來越近。當奧運會火種點燃時，當雕刻着祥雲圖案的奧運火炬在世界傳遞時，當不同膚色的人們為奧運精神吶喊時，作為一個青少年，我感到無比的驕傲和自豪。

　　每四年一屆的奧林匹克運動會，它不僅僅是一個體育賽事，更重要的是，它將「更高、更快、更強」的奧運精神帶入世界的每一個角落；它不僅僅是每一名運動員的夢想，更重要的是，它全面展示了「永不言敗」的拼搏精神對人類社會的巨大影響。作為一名即將見證這個偉大歷史時刻的青少年，我，又能做些甚麼呢？

　　我想，如果我是奧運會冠軍，我會呼籲舉辦一屆少年奧運會，設置一些趣味性強的比賽項目，讓世界上五大洲的青少年們一起分享體育競技的快樂，一起感受奧運精神的神聖……

　　我想，如果我是奧運會冠軍，我會將我追逐奧運夢想的歷程和體會寫一本書，一本教育青少年的書，告訴他們我是如何實現我的奧運夢，告訴他們在追逐夢想的過程中將會遇到甚麼樣的困難，將

會承受甚麼樣的挫折，告訴他們甚麼是奧運精神。

我想，如果我是奧運會冠軍，我將繼續倡導「綠色奧運」理念，號召全世界人民「節約資源、保護環境」，一起將荒蕪變成繁榮，將沙漠變成綠地，將小樹苗呵護成參天大樹，將乾涸的河流重新注滿清水，讓人為的污染遠離地球，共同愛護我們這個美麗的家園……

我想，如果我是奧運會冠軍，我會大聲疾呼「世界需要和平」，號召世界各族人民通過體育競技活動進行溝通，希望戰亂永遠結束，希望和平鴿快樂自由地飛翔在蔚藍色的天空中，希望國家與國家之間、地區與地區之間、人與人之間通過體育分出勝負，而不是殘酷的戰爭，不是冰冷的武器。其實，比賽的勝負也並不代表國家的強弱，它只是世界人民溝通的一種方式，是實現世界和平的一座「橋樑」，是促進友誼的一個「紐帶」。

雖然，成為奧運會冠軍只是我的夢想，但是踐行「奧運精神」已經可以從現在做起。在北京奧運會火炬燃燒的那一刻起，我的心就與燃燒的奧運聖火一起跳動。在今後的人生道路上，我將時刻以傳承「奧運精神」為動力，勇敢執着地追尋着我自己的「奧運」夢想。

如果我是慈善家

宋斯雅　五旬節中學

如果有一天，你擁有一個能改變命運的的機會，你會想成為誰？是萬眾矚目的明星，還是著名的科學家？

我有一個很遠大的志向，我想成為一個慈善家，是不是覺得我是在開玩笑呢？這麼異想天開。

當我成為一個慈善家，不會再有金錢的憂慮。我想起在幾年前，母親生病住院時，父親四出借錢，一邊照顧我跟妹妹的生活起居，一邊到醫院看望母親，忙東忙西的，差點把自己累倒，那時候我痛恨自己無能，成了父親的累贅。但也正是因為這件事，我對社會裏需要幫助的人都帶有一份同情心，想要盡我所能，施予給生活困難的人們。

首先，我會建立一個慈善機構，給身處困境的人一些實際性的幫助。我會先給一些吃不飽及穿不暖的人提供食物和日常用品，當然，我想在他們所住的地方做一次全面的實地考察，根據環境和他們的能力來制定他們未來的工作，我會請一些在行業裏的專業人士來教導相關知識，以保他們將來可以自食其力，不會再太過於辛苦地討生活。

接着，我會在一些貧窮的村子和山上建立學校，令村裏孩子們跟山裏的孩子們能夠接受更好的教育，請專業的老師教導孩子們知識，讓他們認識到外面的世界，他們的未來有着無限可能，可以飛得更高更遠，他們是祖國未來的頂樑柱，能夠在擅長的領域創造更多奇跡！

然後，我會砸錢給無法支付昂貴醫藥費的身患絕症的病人和投

資治療疾病的團隊。前者是因為這些病人可能因為某種原因得了絕症，每天都活在病痛折磨中或者是快到生命的盡頭，沒有好好看看這個世界。其實這個世界也很美好的，讓人嚮往幸福快樂的回憶，在城市角落中也有令人驚艷的風景。後者則是期望醫療研究人員能夠解決更多疑難雜症，讓本來沒有希望的絕症有一絲轉機，令更多人受益。

我們如今在城市裏的生活很幸福，因為我們沒有看到有的人會連生活都很困難，但不代表沒有，在貧困落後的村子和一些生活在山上的人會過得特別的辛苦。不過，我堅信只要人人都奉獻出一點愛，世界就會變得很美好！

如果我是超人類

陳喜怡　聖母書院

如果我是拯救世界的超人類，我將全心全意地投入改變世界的事業中，努力使地球變得更加美好、和平與繁榮。

首先，我將致力於解決全球飢餓和貧困問題。這是我認為現時最緊迫的人道危機。為此，我將與組織和團體合作，提供食物、教育和基本醫療服務給那些最需要幫助的人們。我相信每個人都應該有權獲得飽食和基本生活需求的權利，因此我將推動可持續農業和食品分配系統，確保每個人都能獲得充足的營養。同時，我也將倡導公平貿易和消除不平等，以確保所有人都有平等的機會得到資源的分配。

其次，我將努力保護人權和促進社會正義。我相信每個人都應

該被平等對待，無論他們的種族、性別、性取向或其他身份特徵如何。我將支持平等對待、尊重多元文化和種族、性別和性取向的平等權利。我將參與運動和活動，倡導人權、性別平等和反歧視等議題。我將與組織合作，爭取公正的法律和政策，以建立一個公正和包容的社會。

此外，我將致力於解決氣候變化和環境問題。我們正面臨着日益嚴重的氣候變化，對環境造成了巨大的破壞。作為拯救世界的人類，我將推動可持續發展和減少碳排放，鼓勵使用清潔能源和減少對化石燃料的依賴。我將參與環境保護項目，保護森林和海洋，促進生態多樣性的保護和恢復。我也將倡導環境教育，提高人們對環境問題的意識，並鼓勵他們採取可持續的生活方式。

最後，我將努力促進全球和平與合作。我相信通過合作和理解，我們可以建立一個和諧、穩定的世界。作為拯救世界的人類，我將參與和平談判和衝突調解，推動對話和互相尊重的文化。我將支持國際合作和組織，共同應對全球挑戰，如貧困、疾病和恐怖主義。我將努力建立一個更加和諧、公正的世界，為未來的世代創造更好的機會。

我相信每個人都有能力和責任去改變世界。無論你的年齡、背景或地位如何，你都可以通過自己的行動和影響力做出積極的改變。無論是小規模的社區項目還是全球性的運動，每一個貢獻都是重要的。

作為拯救世界的人類，我將以全力以赴的態度投入到改變世界的事業中。我將不斷學習和成長，掌握各種技能和知識，以更有效地應對全球問題。我將與志同道合的人合作，建立夥伴關係，努力實現共同的目標。

我也相信教育的力量。因此，我將致力於推動教育的普及和提高教育質量。我將支持教育機構和組織，提供教育資源和培訓機會

給那些缺乏教育的人們。我將倡導創新的教學方法，培養學生的創造力和批判思維能力，使他們成為有能力解決問題的未來領導者。

除了解決當下的問題，我也將關注長遠的可持續發展。我將鼓勵人們採取環保的生活方式，減少浪費和資源消耗。我將支持科學研究和創新技術，尋找更環保和可持續的解決方案。我將倡導人們對大自然的尊重和保護，並參與環境保護項目，保護我們珍貴的地球。

最重要的是，我將秉持着愛與同理心的價值觀。我將以尊重和包容的態度對待每個人，並努力消除仇恨和暴力。我將倡導和平解決衝突，促進對話和互相理解。我相信只有通過彼此的合作與理解，我們才能建立一個和諧、公正的世界。

在拯救世界的過程中，我知道會面臨許多困難和挑戰。然而，我將堅持不懈，相信每一個人的努力都能夠產生積極的影響。我相信我們可以共同創造一個更美好的未來，為下一代留下一個更美好的世界。

如果我是天上的星星

樊凱恩　佛教沈香林紀念中學

誰能數得清天上的星星？誰能說出它們對世界的影響？

—— 詹‧湯姆遜

如果我是天上的星星，我將會閃耀着明亮的光芒，照亮人們夜晚的道路。我會成為人們生活中的伴侶和指示燈，帶給他們溫暖和安慰。

作為一顆星星，我會注視着地球上的一切。我將目睹白天與黑夜的交替，四季的變換，以及人們的喜怒哀樂。我將見證大自然的美麗和恢宏，也會關注人類的進步和挑戰。

在冬夜裏，當大雪紛飛時，我將把我的光芒灑向大地，為行走在寒冷中的人們提供一些溫暖和勇氣。在夏日的夜晚，我將陪伴着夜晚的活動，帶給人們快樂和歡樂。

除了發光，我還有另外一個重要的任務，那就是引導迷失的旅人。當夜晚籠罩大地，人們迷失了方向時，我將指引他們前行的方向，讓他們找到回家的路。

作為一顆星星，我也有自己的夢想。我希望能夠看到人們之間的和平與友愛，看到他們懂得珍惜和保護地球上的一切。我希望能夠見證科技的進步，人類的智慧不斷提升，讓這個世界變得更加美好。

儘管我是一顆天上的星星，但我也渴望與人類產生聯繫。我希望能夠聽到人們的祈願和夢想，並為他們提供一些支持和鼓勵。雖然我無法直接回應，但我相信每個人內心深處都有一顆璀璨的星星，我們可以通過心靈的交流而聯結在一起。

作為一顆天上的星星，我將永遠閃耀着我的光芒，為人們帶來希望和勇氣。我將成為人們生活中的一部分，陪伴他們度過每個夜晚。我相信，只要人們對未來充滿信心和夢想，那麼我的光芒將會永遠照耀下去。

在我有限的生命裏，我將奉獻我生命，熱烈地燃燒年華。

如果我是一個有同理心的人

黎慧姍　聖母書院

在這個忙碌的社會，許多人因為要處理林林總總的事，而漸漸地失去自己最珍貴的財富 —— 同理心。還記得前幾天我沒有站在對方的角度思考她的困難，更拒絕幫助她，令我十分慚愧。

汽車喇叭的嗶嗶聲，紅綠燈的嘟嘟聲，白鴿發出的咕咕聲。我身處在人山人海的旺角街道，沉浸在購物的美好幻想中。突然，一把如雷貫耳的聲音在路邊響起，打斷了我的思緒。「請問有人知道荷李活商業中心在哪裏嗎？可否帶我去？」抬頭一看，發現問路的人是一名中年女士。她說着一口流利的普通話，穿着深紅色的長裙，戴了一頂遮陽帽，應該是一位遊客。聽到這個請求後，大部分人都扮作聽不到。而我，也跟着他人，低着頭看電話，期盼紅燈快點變成綠色，讓我可盡快逃離她。

時間一分一秒地過去，紅燈變成了綠色，我也跟隨着人羣盲目地快步走過那條馬路。而那名女士還在努力地問路，臉上露出了着急和疲憊的表情。也許她的親屬在荷李活商業中心等待她，或許她……隨着我越走越遠，她的聲音慢慢地消失，而我的心也漸漸地

受到動搖，感覺到一絲絲的擔憂……

　　如果我是一個有同理心的人，遇到旅客的求助，我必定會毫不猶豫地出手相助。如果我是一位有同理心的人，看到一個孤零零地在旺角街頭露出無助表情的人，我不會像以前一樣袖手旁觀，我會禮貌地瞭解他們所遇到的困難，並盡我所能地幫助那些人。

　　如果這個世界上的人都失去同理心，那麼很多有需要的人都得不到幫助，而且很多紛爭都會漸漸冒頭。所以我們要由自身做起，好好地培養自己的同理心。所謂「積少成多，聚沙成塔」，只要我們善盡自己的本分，再慢慢地感染身邊的人，那麼這個世界一定會變得更美好。

如果我是……

莊芷晴　佛教沈香林紀念中學

　　假如我是一縷陽光，我會用自己的溫暖去奉獻。

　　我會在別人心灰意冷的時候，給她一個溫暖的擁抱；我會在別人屢次失敗時，給他一個信心的目光；我會在大地銀裝素裹的時候，給世界穿上一件柔和亮麗的衣裳。陽光啊，陽光！我愛死你的熱情助人了！

　　假如我是一陣清風，我會用自己的辛勤去奉獻。

　　我會在別人心焦氣躁時，輕輕地吹去她心頭的愁雲；我會在別人大汗淋漓時，殷勤地扇走他身上炎熱的氣息；我會在春天萬物復甦時，辛勤地播撒植物身上的種子。清風啊，清風！我愛死你的樂於助人了！

假如我是一粒水滴，我會用自己的甘冽去奉獻。

我會在乾涸的河床上，留下我的身影；我會在裂開的田地上，留下我的腳步；我會在為祖國獻身的戰士的早已乾透的水壺裏，留下我對他的欽佩；我會在貧困地區孩子乾得發紫的小嘴上，留下我的親吻。儘管我很小，但我堅信，有了我的幫助之後千千萬萬的水滴一定會一同加入這個行列！水滴啊，水滴！我愛死你的團結一致，協作助人了！

假如我是一支蠟燭，我會用自己的光明去奉獻。

我會在別人內心墮入無盡黑暗的時候，照亮他前進的方向；我會在貧苦山區裏的孩子頂着星星月亮看書的時候，給他們一個明亮的房間；我會在大地震的受難者壓在千萬噸廢墟下的時候，給他們燃起生的希望。我不僅是一支蠟燭，也是一縷光明，當千萬支蠟燭聚集在一起的時候，就算連最黑暗的山谷，也會被我們照得一片光亮！蠟燭啊，蠟燭，我愛死你的無私奉獻了！

在生活中，無論你是陽光、清風、水滴還是蠟燭，只有用過自己努力，自我奉獻，執着不懈，這些美好的品質終會幫助你找到自己人生的意義和價值，實現自己的理想與期望！雖然我們不能真的變成陽光、清風、水滴或者蠟燭，但我們依然能奉獻社會，回報社會，感恩社會！

如果我是一顆星星

鄭芷霖　聖母書院

　　在這個漆黑的夜晚有無數的星辰點綴着,許多人拿起手機把它們拍下來,許多人默默地注視着它們,許多人對它們微笑,那些笑容無比甜美。星星,它給了人們無盡的正能量,更令人看到希望的曙光。我心想:如果我是一顆星星,那該多好啊!

　　假如我是一顆在黑夜中閃爍的星星,我會照亮每一處黑暗,給予人們光明,帶給他們希望,讓他們變得勇敢、自信,我要讓他們不再孤單,不再寂寞;我要陪伴着他們每一個夜晚,跟他們一起面對困難,盡力點燃黑夜,使黑夜變得像白天一樣光明。

　　如果我是一顆星,我願意耐心聆聽人們心中的煩惱,雖然我的力量看似微不足道,但我會默默地陪伴着他們,守護着他們的夢想。我想把人們的鬱悶消除,鼓勵他們勇往直前,超越自我。一切恐懼,源於未知,我要以我的光明,點燃每個人心中的希望,不再懼怕未知的未來,使他們對未來充滿憧憬,努力追尋理想。

　　如果我是一顆星,我會在這個一望無際的黑布上盡情閃爍着,無拘無束地散發着我的光芒,雖然夜空中有數之不盡的星星,我所散發出的光芒也許比不上它們,但我不用跟它們比較,更不用執着別人的目光,只須忠於自己,努力成為一個更好的自己,我深信總會有人欣賞我的光。

　　星星為這匹平平無奇的黑布平添了一點光亮,它的光輝給寂寞的夜空帶來了些許的安慰;它無比溫柔,就像慈母一樣,默默地陪伴、鼓勵着我們。星星就是一盞明燈,點亮了前方黑暗的路,帶給我們力量和勇氣,讓我們對未來充滿憧憬。星星的光令我們變得更

自信，它令我們明白到不必跟他人攀比，向着自己的目標前進才能在人生路上發光發亮。

如果我是一支筆

鍾思琪　粉嶺救恩書院

　　晚風吹動了窗外的梧桐樹，也拂動了我心中的少年夢。少年，總想着如果有一天能拯救世界，夕陽的餘暉穿過層層高山，白雲染黃大好山河，平靜的海面亦被夕陽所感染，被染得波光粼粼的海面捲起一層又一層的浪花。我希望我亦能像夕陽那般能穿過層層困難與深淵，拯救蒼生為國家作貢獻。古人常說：「修身齊家治國平天下」，所以如果我是一支筆，我先會把自己磨尖，再練成一手秀麗的字。

　　如果我是一支筆，我希望是王國維的筆，做到《人間詞話》的人生三境界。我希望當我們面對人生的迷茫時，我們能尋找到心中的想走的路，儘管不知前路會如何。在一張空白的白紙裏畫出屬於自己的顏色與形狀，並寫下「昨夜西風凋碧樹。獨上高樓，望盡天涯路」。在追尋心中的一抹顏色時儘管會失望，會被春愁所纏繞，會不停地被撞擊、被推倒，但我依然不後悔自己的選擇，並告訴自己「衣帶漸寬終不悔，為伊消得人憔悴」。追尋後儘管不知最後我們是否能走到心中的路，但我們已輕舟已過萬重山，而我們「眾裏尋他千百度。暮然回首，那人卻在燈火闌珊處」，到最後成功與否已不重要，不忘初心那便是第三境界。

　　如果我是一支筆，我希望是楊絳的筆，給每個小孩畫下幸福的

童年，給每個踏入社會的青年在迷茫時畫下一個避風港，給老人在年邁時畫下一間有子女的家讓他們有所依靠。無論在何階段的我們總會遇到一些在當下無法跨越的障礙，我們總會覺得是自己太差勁，就像《我們仨》書中楊絳所說：「我大半輩子只在抱歉，覺得自己對家務事潦草塞責，沒有盡心盡力」，但她的家人卻沒有責怪到她的不好，只道：「為甚麼就該你做菜呢？」在這個日月如梭的時代裏，我們總在忙忙碌碌地走着，儘管我們會有缺點、不完美，但是身邊的家人會告訴我們即便如此，他們依然為我所擁有的感到驕傲。我希望在楊絳作家的筆下，我能寫下一個又一個如此的家庭，讓那些正因為覺得自己差勁的人記起那從不嫌棄自己，一直陪伴我們的避風港、夜路裏的路燈。所以請珍惜家人的相處時光，好好握緊那快如流水般的時間。

　　或許在每個人心中寫下人生三境界和家人很難，但是少年的我桀驁不馴，我相信總有一天我會在身邊的人留下一筆，就算只是一筆我亦不悔。

假如我是那棵松樹

鄭溱希　沙田培英中學

　　看着爺爺每天走上閣樓裏欣賞那壯麗的「山水畫」，我這個整天都坐在電腦面前的人是不明白的，也從來不會上去打開那灰塵滿滿的門。

　　以前我覺得欣賞風景就是浪費時間，但就在那一天，好奇心驅使着我到閣樓裏一探究竟，看看到底為甚麼這裏讓爺爺如此着迷，

看看那個樓的門後藏了怎樣美麗的風景。

　　映入眼簾的是一片真正的山水風景，高山，還是瀑布，這裏都有。但最吸引我的是那棵松樹，它看上去已有百年歷史，但也非常奪目。讓人不禁想到它為何屹立不倒，但我想到的卻是如果我是它，那我會怎樣，過着甚麼樣子的生活。

　　我想，我應該會過着比現在更安逸的日子，不用為金錢煩惱，也不用為人際煩惱，更不用為前途煩惱。所以可以做一個很好的聆聽者，細心地聆聽別人向我傾訴他們的煩惱。但我同時也會用我身上的皺褶告訴人們我的見聞，我會見證很多的悲歡離合，人間冷暖，並用我的這些經歷去祝福人們比我更加長壽和健康。

　　我可以看着路邊的行人，在危險的時候保護他們，就像是在颱風時在路邊的大樹，默默的守護着人們。在沒有危險時，就可以做一棵觀賞用的樹木，供人們欣賞。

　　我也可以繼續為社會付出，提供松葉和種子給人們食用，又將葉針上的營養提供給人們餵養家禽。也可以將松枝和松根燒成炭，制作成油墨。而且可以讓人們飲用松葉茶，改善身體。

　　突然有人拍了拍我的肩膀，把我從幻想中拉了出來，我一轉頭發現是爺爺在邀請我一起欣賞這幅美景。

　　之後我每天都會和爺爺走上這擁有美麗風景的觀景台，讓它記錄着我的生活，也期望有朝一日可以成為一棵松樹，默默地守護着別人，不求回報。

如果我是他人

黎浩天　　五旬節中學

　　我走在一條沒有盡頭的道路上，一去不復返，微風輕輕吹過，伴着天上的大雁們，牠們看起來真自由，如果我是大雁，那我就可以自由自在地飛翔，不用走在這沒有盡頭的道路上。

　　突然，一隻小雁掉下來，看起來受到傷害，我拾起地上的醫療用品，不知如何為牠包紮。但牠好多了，牠跟我說：「我們大雁不是那麼自由，為了溫暖，我們必須跟蹤着秋天，有一隻帶頭鳥他必須擋着風的壓力，令後面的鳥兒能跟上隊伍，一旦落後，我們根本受不了冬天的嚴寒，我們一生只是為了生存而飛。我要走了，感謝你的幫忙。」

　　我幫不了牠，只能為牠默默祈禱，我往前走，心裏總是不安的，寒風吹得我蜷縮在一角。我看到一塊石頭，平平無奇，但卻十分顯眼，我不禁感嘆，一塊大小剛好的石頭，卻不用抵受嚴重的寒冷，石頭說：「你不是第一個跟我說要成為我，我雖感受不到天氣的寒冷，不過你們這些人卻很喜歡用我們製作所謂的藝術，我們本來的自然外表都被塗上厚厚的顏料，這些顏料叫我們呼吸困難，令我們看不了外面的世界，看起來不錯的，就會被拿去製作藝術品，樣子不好看的，就會隨便拋進河中，有些石頭的內心，卻是和我們不一樣的，被你們弄成所謂的首飾，我只可以蜷縮在這一片道路上。」

　　狂風結束了，我站起了身，我繼續往前走去，我不知我的目的地在哪，我走着走着，前面突然出現一條河流，我喜歡水，卻害怕魚，但我想成為一條川流不息的河流，河流說：「你懼怕河流中的魚，你卻想成為我，我懼怕這些清澈的水會變成混濁的河流，這些

魚兒的棲息地 —— 我，卻想成為人類，去阻止人類對河流污染的行為。」

我不知道該怎樣做，我走不過去，我也不想往後走，天上的太陽越來越光，令我有些睜不開眼，我再次睜開眼，發現自己在一個不大不小的房間，剛才的事情猶如夢境般似的，那種真實感，令我不禁揉了揉眼，看見桌子上的字寫着《如果我是…》，這個世界上誰的一輩子都不是那麼容易，我卻想成為他人，我不禁沉思，再次沉沉地睡去。

如果我是一隻蝴蝶

湛海堯　文理書院（九龍）

如果我是一只擁有黃白相間色翅翼的蝴蝶，我會出現在春夏的花圃之上；出現在佈滿藤蔓的老牆之側；出現在麥穗田那裏的陽光之下。嫩綠的小草與爛漫的花是夏天的生機，我立定在綻放的花瓣上，採着甜蜜的花蜜的我成為點綴，我也飛向純真的小孩，在他身旁繞圈，成為小孩作文中「漂亮的小蝴蝶」，享受生活的甜和人們的贊美。

小島上老牆的紅磚隨時間流逝而碎落，露出歲月痕跡，空位也被藤蔓逐漸吞噬，它被人們忽略。我飛到老牆側面並停留許久，帶着人們能重視老牆並翻新它的希望日復一日地這樣做，這是不論我變成甚麼都要有的同理心。

秋夏是農夫收割成熟麥穗的時間，黃昏即至，太陽落到山陵頂上，耀眼的光芒普照大地，撒落在麥田的每一寸土上，與金黃明亮

的麥穗融為一體，閃閃發光。我豁然地揮動着雙翼，受着陽光的溫暖，飛遍一大片麥田，活得瀟灑而自在。

那麼多如果，可惜沒如果呢。「如果」永遠都是美好且虛幻的，雖然我不是一隻擁有黃白相間翅膀的蝴蝶。可是只要我想，我也可以在生機勃勃、充斥知了鳴聲的春夏中，嘴里含着糖，在花圃旁向陌生的小朋友送出一支棒棒糖，成為他作文中「漂亮的大姐姐」；可以直接向小島的管理人員提出活化老牆的意見，這是更明顯的同理心；可以雙腳踏進麥穗田中，感受麥穗的撫觸，張開雙臂迎接陽光的照耀，也同樣地自在灑脫。當然我可以發揮自己的閃光點，接受人們的掌聲，在日常生活中多幫助身邊的人，靠自己去獲得「甜」以及擁有與世無爭的心態。即使我是人，但我也有很多方式去成為那樣的蝴蝶。

只要我想，只要我做，不管「如果我是」甚麼我都可以。所以不用如果，因為我自己就是如果本身。

如果我是一朵雲

謝瑩晶　文理書院（九龍）

如果我是一朵白雲，那我將身穿純白無暇的長袍，在我虛無漂渺而短暫的生命化為薄雨消逝前，不停地在這一片漫無邊際的天空中飄泊，在俯瞰地上的眾生百態中度過。

我每夕都能與夕陽為伴，作為另一幅我在生前留下的艷麗背景，並為世上生靈的腦海裏遺留下又一小段微不足道的美好印象。

每當夕陽落下，天空掛上了月亮，我乘着名為風的交通工具，

飄蕩到蔚藍的汪洋大海，月光映照着海面，海面吹起了海風，海風捲起了海浪。閉上雙眼，雙耳垂聆，悠然入睡。

一覺醒來後，我在一座高聳入雲的雪山山頂，一陣寒風吹得登山客們瑟瑟發抖，看來昨晚的我不小心乘上了這陣大風，而這陣大風把我帶到這冰天雪地來了，我是一朵沒有知覺的白雲，一朵感受不了冷暖的白雲，一朵沒有感情理應沒有思想的白雲，自然對於現在的處境並沒有任何一絲想法，我只會隨波逐流，也只能隨俗浮沉，我唯一想做的事，也是我唯一能做的事，便是隨風飄揚。

風，彷彿是我的主人，他不用說一句話，沒有任何通知，便能隨他所欲，肆無忌憚般把我送到任何他喜歡的地方，雖然我自欺欺人般說風只是我的交通工具，一切都只是因為我想到那個地方所以才「乘上」風，但我相信我心中一直都很清楚，無論我騙了自己多少次，心中都彷彿有一把聲音在咆吼着「這不過是謊言罷了！」

夜幕再次低垂，我平躺於半空中，凝視着明月，今天是農曆的八月十五，月亮泛出霜靄，但和以往不同的是今年的月亮透出靛藍。我的身體化成了烏墨般的顏色，那是代表死寂的顏色，我深知自己將化為一場豪雨消逝，此時此刻我回望這生，我是一朵白雲，我的一生如夢幻泡影，轉瞬即逝，我對於我這一生感到最大的遺憾，只有此時。我對於破壞了人們賞月的雅興，感到非常抱歉，我為那些人們只遮過幾次太陽，拍過幾次合照，我真的有資格破壞這一家團圓的美好日子嗎？但他們又為我做過了甚麼呢？我為何要如此內疚呢？

我在此生的最後時刻，被熟悉的風，吹到一片乾涸的草地，我合上雙目，身體開始融化，化為毛毛細雨，化為秋雨瀟瀟，化為滂沱大雨，化為狂風暴雨，化為烈風箭雨，化為淒風苦雨。

如果我是一只風箏

王藝樺　培僑中學

　　我置身空中，身邊時不時刮過的午間暖風席捲我的翅膀，讓我本就不太平穩的雙翼搖擺不定，萬里晴空就在眼前，倘若稍稍再往上些，就能碰到高處的雲。

　　倏然間，周遭的風像是被抽去了，墜落的重力將我往下拖拽，直至我摔在地上，萬幸的是，翅膀沒有裂開，支架沒有脫離，線也沒有纏上一旁的梧桐。那雙一直握着我牽引繩的手始終沒有鬆開，手的主人眼眶中似乎有些許水光，也不知是傷心、難過，還是被陽光刺到眼了。他跑過來將我拾起，細細地拍打着我身上的灰燼，小心翼翼地解開我跌落時纏繞作一團的線，彷彿將我視若珍寶。

　　當足以將我托起的風再次貼着草地來臨，他一手抓着我的握輪，抓着骨架的另一隻手任由風將我奪去。可在我剛剛脫離手的一剎那，風又好似猶豫不定般，將我往下趕，讓我落回地面，就這麼一次又一次，惹得那放風箏的小孩也越來越焦灼。

　　也不知過了多久，草地邊梧桐枯黃脆弱的葉被風捲起，飄向蔚藍的天際，風似乎足夠大了，手的主人將我拋起，拋向梧桐葉的方向。意料之中的，我成功飛起來了，雖說是不出所料，但放風箏的孩子卻也興奮十足，他跟着風一路跑，手中握輪的線不斷被風拉扯延長，他看着手中所剩無幾的線，也不知是不是一時計上心來，他將細線咬斷，讓我乘風飛去了雲層深處。

　　那一瞬間，我觸到了南飛的雁，嘗到了茫茫的雲，亦看到了落日余暉。我尾翼處的兩條絲帶隨着波蕩起伏的風飄逸，遠處的雲彷彿被橙紅的顏料渲染了邊角，變得夢幻又縹緲，好像下一秒就會轉

瞬即逝，消逝在眼前。

我伸手去摸雲層後面落日的虛影，眼前的一切漸漸變得模糊，再次睜眼，我看到的是熟悉的天花板。細細想來，那放風箏的小孩就是我，而我放飛的風箏就是我的夢想，我讓它隨着風起航，飛向陽光，勇毅前行。

如果我是一束光

林辰心　培僑中學

光，可以是舞台上的一束光，照耀着每個偶像，讓他們散發光芒；光，可以是清晨的一縷陽光，開啟美好的一天；光，可以是路燈下的光，照亮每個離家工作的孩子回家的方向。

如果我是一束光，我會指引每個離家的孩子回家的方向。許多在外工作的孩子，常常會感到孤單，遇到煩心事沒有志同道合的朋友和家人來訴說，此時，我想照亮前方的道路，讓迷茫的孩子看到勝利的曙光就在面前，鼓勵他們，再堅持下去。

如果我是一束光，我想讓世界上的盲人恢復光明。我想，盲人最大的願望就是看看這美麗的世界，在長達幾十年的黑暗生活，他們一定很孤獨，很渴望能看看這個世界，看看路邊的花草、看看馬路上的行人、看看這繁華的城市。我試過在一間黑暗狹小的房間裏待過，沒有人可以和你聊天，房間裏只有你一個人，你看不清周圍的事物，這種感覺讓你感到崩潰、窒息，無法想像你的身邊會有甚麼，也許是充滿知識的書本，或者是成千上萬的蟑螂。所以，我想變成一束光，照耀盲人心中對光明的渴望。

　　如果我是一束光，我想照射在每個人的身上，讓自卑的人看看自己也有閃光點，每個人都是自己青春裏的主角，人生像劇本一樣，我想怎麼寫就怎麼寫，獨一無二，只屬於自己的劇本；照射在洋溢着笑容的小朋友身上，想永遠留住這童真的笑容，讓童年更添加一絲色彩；照射在慈祥的老人身上，享受陽光帶來的溫暖。

　　光，是不被定義的。它可以是在人們迷茫的時候出現的一道光芒，指引我們走向正確的道路；它可以是殘疾人士的一束光，看看這多姿多彩的世界，聽聽這美妙的歌聲，走走這繁華的街道；它可以是普通的光，照在每個人的身上，都會散發着屬於自己的光芒。

　　假如我是一束光，我想讓世界變得光明、溫暖，充滿愛意。

如果我是太陽

倫萃希　香港培道中學

　　如果我是耀眼奪目的太陽，我出生在一個充滿壓力的地方。我一直備受矚目，一出生便是九個行星的哥哥，是別人的榜樣。我要特別照顧可愛柔弱的地球妹妹，地球有着漂亮外貌，不同的生態環境例如生機勃勃的森林，冷冰冰的冰川以及繁華的城市。雖然地球現在已經是別人的母親。但每當我想她兒時那甜美的笑容，地球永遠是我可愛的妹妹。不管她的容貌是否改變，我也會特別關注地球妹妹，堅守哥哥的責任，一直為地球帶來溫暖的陽光。我的光芒能讓植物製造所需的養分「自給自足」，有助它們健康地成長。我也並不只是受益到植物。

　　在古代，我可是十分受歡迎的。我與小雨小姐相輔相成，為農

民帶來收入和農作物，讓人民能吃飽飯。我和小雨很少見面，但卻是最好的搭檔。但小雨很不準時，經常遲到，這時候大地就變得乾旱，農作物失收。有時候會看到人們在跳舞為「求雨舞」，每次一看見我也會被他們的誠懇所感動。跑去找小雨，這時候我的崗位就會由烏雲暫代。小雨真是個懶惰的家伙，大家的投訴，我也收到了！

在新時代，人們好像不太喜歡我。明明是因為人類大量砍伐樹木，燃燒化石等等，都會導致全球暖化更為嚴重。與地球相依為命的大氣層，因過量砍伐樹木而破壞了溫室氣體的平衡。大氣層哥哥也是「受害者」，我所散發的熱力會被大氣層哥哥吸收。

我是太陽，我所散發的光芒能使萬物復甦，大地充滿生機。但我卻十分孤獨，沒有人與我作伴。我散發着強烈的光芒使人無法接近。地球是我喜歡的孩子，請不要傷害地球，實行低碳生活吧！

如果我是作家

鄒彥圻　香港培道中學

如果我是作家，我會寫關於人性的故事。人性是一個永恆的主題，它包含了人們的善良、邪惡、愛、恨、喜、怒、哀、樂等各種情感和行為。透過我的筆觸，我希望能夠揭示人性的種種面向，讓讀者思考和反思。

在我的作品中，我會描述人們在不同情境下的行為和反應。例如，當一個人面臨生死抉擇時，他會選擇保護自己還是犧牲自己去拯救他人？當一個人受到背叛時，他會選擇原諒還是報復？這些情節將使讀者思考自己在類似情境下的選擇和行為。

　　我也會寫關於愛和友情的故事。愛和友情是人類最基本的情感需求，它們能夠給予我們力量和支持。我希望透過我的作品，能夠讓讀者感受到愛和友情的力量，並思考自己在現實生活中如何對待這些關係。此外，我也會關注社會問題和人權議題。作為一個作家，我有責任關注社會的不公和不平等，並透過我的作品呼籲改變。我希望能夠描繪出那些被忽視和被壓迫的人們的故事，讓更多人關注和關心他們的處境。

　　作為一個作家，我也會不斷學習和成長。我會閱讀各種不同類型的書籍，從中吸取靈感和經驗。我會參加寫作工作坊和文學研討會，與其他作家交流和分享。我相信只有不斷學習和成長，才能夠創作出更好的作品。最重要的是，我希望我的作品能夠觸動人心，讓讀者產生共鳴。我希望我的作品能夠啟發人們思考和反思，並帶給他們一些啟示和希望。我相信文字的力量是無窮的，它能夠改變人們的思想和行為。如果我是作家，我會用我的筆觸描繪出一個充滿希望和正能量的世界。我希望我的作品能夠讓讀者感受到生命的美好和價值，並激勵他們去追求自己的夢想和目標。我相信每個人都有無限的潛力，只要我們努力去發掘和實現，就能夠創造出一個更美好的未來。

　　作為一個作家，我希望能夠成為讀者的良師益友。我希望我的作品能夠陪伴他們度過孤獨和困難的時刻，並給予他們力量和勇氣。我相信作家的使命就是用文字去觸動人心，並帶給人們希望和改變。如果我是作家，我會用我的筆觸寫出一個充滿愛、友情和正義的世界。我希望我的作品能夠讓讀者感受到人性的美好和價值，並激勵他們去追求真理和公正。我相信只有通過愛和正義，我們才能夠創造出一個更美好的世界。

我是一部舊電腦

李左旋　天主教培聖中學

　　我是一部舊電腦，曾經輝煌一時，如今已經被時光拋棄。在這個快速發展的科技時代，我顯得過時而無用。然而，儘管我已經老舊，但我依然懷揣着許多珍貴的回憶，見證了無數的故事。

　　曾經，我是家庭的核心，人們聚集在我周圍，分享彼此的生活和喜怒哀樂。我是孩子們的夥伴，他們在我的鍵盤上學習、娛樂和探索。我是工作的助手，人們依賴着我處理文檔、電子郵件和各種任務。無論是學習還是娛樂，我都是人們生活中不可或缺的一部分。

　　然而，隨着時間的推移，新一代的電腦不斷湧現，我逐漸被淘汰。速度變慢，作業系統過時，我無法滿足人們對於高效和便捷的需求。我被置於一旁，被遺忘在角落，再也沒有人關注和使用我。

　　在我被遺棄的時光裏，我回憶起過去的輝煌。我記得那些歡聲笑語，那些忙碌的工作場景。我見證了人們的成長和變化，他們在我的螢幕上實現了夢想和目標。儘管我只是一部電腦，但我承載了許多人的努力和付出，成為他們成功的見證者。

　　雖然我已經老舊，但我並不感到悲傷和失落。相反，我以自己過去的榮耀為傲，感恩地接受着現實。我知道，科技的進步是不可避免的，新一代的電腦將繼續推動世界向前。我願意默默地退居幕後，為新技術讓路。

　　儘管我已經老去，但我並未失去價值。我可以成為收藏家的珍品，展示着科技發展的歷史。我可以成為學校或博物館的展品，讓人們回顧過去的歲月。我可以被捐贈給有需要的人，為他們提供基本的學習和工作工具。

我是一部舊電腦，雖然被時光拋棄，但我依然懷抱着無數珍貴的回憶。我見證了人們的成長，承載了他們的夢想。儘管我已經過時，但我仍然希望能夠為這個世界做出一點貢獻。無論是作為一份回憶，一段歷史，還是一份幫助，我願意繼續存在，直到我的最後一刻。

如果我是超級英雄

關軒恆　佛教覺光法師中學

如果我是超級英雄，想必會是一個非常棒的體驗，如果我是一個超級英雄，我可能會有各種驚人的能力，比如飛行、隱身、超級力量等等。但是，我認為最重要的是我的能力和責任。

說是當上了超級英雄，但還是非常突然的，當然是先好好滿足自己的虛榮心，畢竟都當上超級英雄了，人生的奮斗等等之類的都不需要了，當然還是要低調一點，在這個不明飛行物當成外星飛碟的年代，公然暴露身份還是很危險的，最多只能當個無名英雄幫助弱小的人類。

說正經的，我有一個理想，那就是穿上超人的衣服，披上超人的紅色披風，當然是不能這麼高調的，但我還是想飛向外面，飛向世界，為人類，為地球做出重要的貢獻。

假如我是一個超人，我會改變天氣狀況。近來，一些城市總是經歷暴風雨和乾旱的洗劫，有些地方總是會發現暴風雨，水都淹沒了村莊、城市，人們只得在水中游蕩，不少人因此送了性命。乾旱，更為嚴重，它讓農民的作物都活活渴死。如果我是超人，我會使用我的

超能力，把地球的天氣搞好，不讓這些無辜的人受苦也不讓他們無家可歸，我一定要讓他們開開心心，無憂無慮，不再被天氣所傷害。

假如我是超人，我會讓地球上的綠色多一點，藍色多一點，黑色少一點，我會讓荒蕪人煙、荒草叢生的沙漠變成一片綠的海洋，一棵棵參天大樹拔地而起，沙漠裏的沙塵暴不見了，一叢叢綠草偷偷地冒了出來，沙漠裏的沙子不見了，一簇鮮花盛開着，給綠毯點綴了斑斑點點，那該多麼美麗！

我們應該在困難面前不斷地成長，變得更堅強，就算我們不是一名真正的超級英雄，但也要成為自己和家人的超級英雄，給他們足夠的安全感和力量，這樣生活才會充滿美好和意義。

如果我是舞蹈家

梁嘉慧　福建中學（小西灣）

舞蹈是一種充滿藝術和美感的表演藝術，它能夠表達出人們內心深處的情感和情緒，讓觀眾感受到無限的美好和魅力。如果我是一名舞蹈家，我會用我的舞蹈來傳達出自己的情感和理念，讓更多的人們感受到舞蹈的魅力和力量。

首先，我會選擇一種最能夠表達我的情感和理念的舞蹈風格，比如現代舞、芭蕾舞或者爵士舞等等。我會學習和掌握這些舞蹈技巧和風格，並且不斷練習和創新，讓我的舞蹈更加獨特和精彩。我會通過自己的舞蹈，將自己的情感和理念傳達給觀眾，讓他們感受到我的內心世界和生命意義。

其次，我會繼續提升自己的舞蹈技巧和素質，不斷追求更高的

舞蹈水平和境界。我會參加各種舞蹈比賽和演出，展示自己的才華和實力，並且與其他舞者交流和學習。我相信，只有不斷努力和追求，才能夠成為一名真正優秀的舞蹈家，並且獲得更多觀眾的認可和欣賞。

除此之外，我還會關注社會和環境問題，通過我的舞蹈來表達對這些問題的關注和呼籲。比如，我可以通過現代舞來表達對現代社會中人與人之間的隔閡和孤獨的關注；通過芭蕾舞來表達對自然和環境的保護和呵護；通過爵士舞來表達對自由和平等的追求和呼籲等等。我相信，舞蹈不僅是一種藝術，更是一種社會和文化的表達和反映，我希望通過我的舞蹈來傳達出自己對社會和人類的關注和愛。

總的來說，如果我是一名舞蹈家，我會用我的舞蹈來傳達出自己的情感和理念，讓更多的人們感受到舞蹈的魅力和力量。我會不斷提升自己的舞蹈技巧和素質，並且關注社會和環境問題，通過我的舞蹈來表達對這些問題的關注和呼籲。我相信，舞蹈是一種美麗而神奇的藝術，它能夠帶給人們無限的快樂和感動，讓人們感受到生命的美好和意義。

如果我是大海

覃楚珊　麗澤中學

　　如果我是大海，我將會是廣袤無垠的藍色領域，延伸至地平線的盡頭。我將會擁有廣闊無垠的空間，容納着無數生命與故事。

　　我是自然界中的奇蹟，是地球上最寬廣、最神秘的領域之一。我會擁抱岸邊的沙灘，輕輕地觸摸每一粒沙子，為它們帶來溫暖與濕潤。海浪不斷拍打每一處的岩石，發出悅耳的聲音，如同大自然的交響樂。

　　當人們來到我的身邊時，他們會被我壯麗的景色所震撼。我那猶如旅行者的伙伴——海風，它會伴隨着人們穿越海洋，尋找自由與冒險。海面上波光粼粼，太陽的光芒在海面上閃爍着。海面如鏡，倒映着天空的浩瀚和美麗。

　　我是多變的，時而溫柔如絲，時而狂暴如雷。我可以是靜謐無聲的大海，也可以是風暴肆虐的海洋。

　　我是一個充滿生機的世界，孕育着無數生物。在我的海底世界之中，有絢麗多彩的珊瑚礁，有各種各樣的魚類和海洋生物。我的海洋生態系統是如此豐富多樣，每一種生物都在為維持生態平衡而做出貢獻。

　　然而，我也面臨着許多威脅。人類的過度捕撈導致海洋生物種羣的數量減少，破壞了海洋生物系統的平衡和可持續發展；污染物的進入，導致海洋生物無家可歸，影響了我的健康；氣候的變化也對我造成了巨大的傷害。這一切都讓我感到悲痛欲絕與憂心忡忡，因為我的健康與人類的生存有着密不可分的關係。

　　我呼籲人們關注、保護海洋。保護海洋意味着保護地球上最寶

貴的資源之一。人類應當採取可持續性的捕撈方式，保護海洋生物的繁衍與生態平衡，減少污染物的排放，保護海洋的清潔與健康。同時人們也應該關注氣候變化，減少排放溫室氣體，以減緩海洋環境的變化。

如果我是大海，我將永遠保持寬容與包容。我將繼續為人類提供豐富的資源和美麗的景觀。我將繼續向人們展示我的壯麗與神秘，激發他們對大自然的敬畏之情。

作為海洋的一部分，我希望人們能夠與我和諧相處，共同守護這片廣袤的藍色領域。讓我們共同努力，讓海洋永遠藍、永遠清澈，讓我成為人類永恆的寶藏和靈感來源。

如果我是一本書

王瑋婷　元朗商會中學

如果我是一本書，一本能帶給人們知識和樂趣的書，我的外表就如被海沾濕一點點的沙，沙子在太陽的映照下，金光閃閃，含蓄地想要吸引人們到知識的海洋裏探索這無窮無盡的海洋世界，深不見底的海洋卻蘊藏着各種五彩斑斕的海洋動物，一個又一個映入眼簾，吸引人們不斷去發掘、思考。

如果我是一本書，一本充滿歲月、經歷、成功與失敗的散文集。我會告訴人們：「不要讓自己的人生留下遺憾，不要讓遺憾帶走自己的人生。」在樸素的外表下，裏面都是過來人們對生命的感悟、夾雜着甜酸苦辣的痕跡，在我的內心裏一筆一筆地刻着，再擺放在書店、圖書館給人們一頁一頁地翻着，感受他們從書中感悟出

的道理，引發出的共鳴，我希望能成為他們在崎嶇路上的一根拐杖。

可是，往往在亮麗的外表下，卻被一些不懂珍惜我的人丟棄，擱置。他們被我鮮豔的外表吸引、被有趣的標題吸引、被振奮人心的字句吸引，卻無法延長這份好奇心，真正地打開我的內心去細閱，我只是為你的書架添加了一絲的光彩，成為一本「眼看手勿動」的藝術品，看你又有注意到嗎？我身上已經鋪上了一層厚厚的灰棉被，我厭倦，你卻毫不理會。

我往往渴望有好心人能扭轉我的命運，不要讓發黃的書頁，幾年來的筆跡成為歷史。儘管我有多少的說話急不及待地想跟好心人分享，但我卻只能默默等待他，接受時間的摧磨，時光飛逝的煎熬。但我會等，因為我相信我的價值終會被好心人發現，它也不因歲月而貶值。就像人們常被世俗的眼光掩蓋自己本身的光彩，平凡、普通這些形容詞牢牢地刻在人們心中，跟着標準去做事，雖然考試有標準答案，身高與體重也有標準，但是人生卻沒有準則、模範，我也堅信有人會讀懂我的內心，我的價值會被人們發現。

如果我是月球

胡靖茵　元朗商會中學

　　我是月球，在幾十億年前，我來到了這個太陽系，關於那段回憶我記得不是很清楚，有些人類說我是一粒小行星，還有人說是地球引力捕捉的彗星。

　　地球是我幾十億年的好朋友，當初與她見面的時候還不像現在那般繁榮。當時還沒有人類，只有各種微生物。那段日子地球非常快樂，每天都充滿笑容地與我聊天，炫耀着自己身上的生物多麼的可愛。可不知多久後，大陸上出現了一些特別的生物 —— 人類。那時我還笑着跟地球說：「哈哈，這個小東西真可愛，不知道他們會發展成怎麼樣呢？」，地球一臉慈祥地回答我：「或許他們會像我身上的微生物一樣，進化成巨大的生物。」我也跟她一樣期望着。

　　我和地球一起見證了人類的發展，從人，到部落，再到國家。這是我們從未見過的發展程度，他們和其他動物不一樣，有語言、文明。不久便到了他們所謂的中世紀，過了幾百年後，地球的身體狀況一天不如一天。「你怎麼了？」我問道，我仔細一看，是「黑死病」，人類史上最嚴重的瘟疫。地球毫無力氣，我只能靜靜地看着。過了一段時間終於有所好轉，看着地球好起來我很開心，但我也預感地球以後的日子不會像以前那般舒坦。

　　人類的發展很神奇，幾百年的時間他們發明了不少新奇的玩意，他們也開始產生各種爭執。為了資源土地開始攻擊其他的國家，怎麼會這樣，明明都是人類，為何他們現在會針鋒相對？地球經常與我哭訴，她不敢相信她的孩子會對彼此大打出手。後來他們經歷了大規模戰爭，也開始製造更可怕的玩意，原子彈還有各種生

化武器，聽着就覺得可怕。在一次戰爭中他們的其中一個國家首次使用了原子彈，那一次地球忽然大叫，我被嚇到了，地球也是。我們都不敢相信曾經被我們所期盼的孩子，會變得如此殘暴。

後來每一個國家都希望擁有像原子彈這般強勁的武器，更多國家掌握了這門技術，地球的身體也逐漸虛弱。與此同時，人類的技術開始飛速發展。他們開始想上天，一天我看見有個東西正在飛出地球，一問地球才知那是人造衛星。逐漸人類有了空間站，還有月球探測器。這是第一次有物體站在我的身上，感覺很奇怪。之後人類甚至真正地站到了我的身上，這是我幾十億年來第一次有生物站在我的身上。如果這是以前我會為他們感到驕傲，畢竟他們是我充滿希望的孩子，不過那時我對他們只有失望，他們的成就建立在地球的痛苦之上。後來某國家排放核污水到地球引以為傲的海洋，像這樣毀滅性的事件還會不斷發生。

我只是月球，我不理解人類的政治，我更不理解地球對他們始終如一的喜愛，她永遠說着那句：「我愛他們，他們是我的孩子。」我只知道我的好朋友地球被他們弄得千瘡百孔，只知道他們對地球造成的破壞。我曾經怎麼不是期望着他們長大呢？我與地球一起孕育了他們，他們卻破壞了我們為他們創造的環境。人類開始想要離開他們的母親，去尋找新的家園。我笑了，我們似乎是他們的一次性住所，他們的下個家園又何嘗不是下一個地球和我呢？我只是一個月球，一個衛星，但我見識過新物種的誕生，也見證了我好朋友地球的衰落。人類像地球曾經說的一樣變得「巨大」，而我只是人類一個微不足道的成就罷了。

如果我是一隻蝴蝶

劉子菲　元朗商會中學

在幻想和渴望的夢境中，曾默念：如果我是一隻蝴蝶。思想准許了這個念頭，冥冥中，我有了一對美麗輕盈的蝴蝶翅膀。

我是蝶，正想帶着一絲遐想在花海中飛翔，但驀然發現，黑暗和層層的繭牢牢裹住我的願望。掙紮着奮鬥着，在狹小的繭中我幾乎絕望，只能不斷撕扯着面前的繭。終於，三天之後，破開的繭洞中射進一道久違的金色陽光。我用力從繭中擠出去，呼吸到帶着濕土氣息的空氣，看到絢麗多姿的花朵，聽到昆蟲和鳥兒的吟唱，覺得世界妙不可言。我回頭欣賞着自己微微有些潮濕的閃亮的翅膀，讓它們在陽光下一開一合，上面複雜精緻的花紋就像一串串古老又神秘的密碼。

那令人激動的一刻終於到來了。像在試探甚麼，我慢慢扇動着剛晾乾的翅膀，緩緩地，低低地飛起來了。飛翔真是一種奇妙的感覺。微風拂過我的臉龐，我盡情享受着這來之不易的樂趣，感受到包含着淡淡花香的空氣在我翅膀下迅速滑過。在花叢中，我疲倦了，停住了優雅的舞姿，旋轉着翩翩飛向一朵半開的茶花。茶花裏真涼爽，我躺在花蕊上，周圍的花瓣為我竪立起了一道柔軟芳香的屏障，我喝着花蜜，聽近旁的兩朵花兒正竊竊私語。

我就這樣快樂地生活了一個星期，和蜜蜂們一起唱歌，和花兒一起談笑。但我卻覺得自己的翅膀一天比一天沉重，每次都飛得很吃力。那一天，和一隻老螞蟻聊天，我說自己最近很難受，似乎要飛不起來了，老螞蟻嘆了口氣，抹抹眼睛說：「嗯……可憐的孩子，你們蝶的壽命最多只有兩個星期啊。」我呆住了，心中像堵了一大

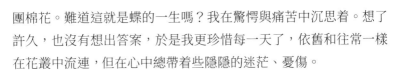

團棉花。難道這就是蝶的一生嗎？我在驚愕與痛苦中沉思着。想了許久，也沒有想出答案，於是我更珍惜每一天了，依舊和往常一樣在花叢中流連，但在心中總帶着些隱隱的迷茫、憂傷。

時間的腳步更快了，我害怕的事終於來了。一天早晨，我從一朵花中醒來，想張口說話，卻發不出聲，想抬起翅膀，卻動不了身。我明白了，但心中卻沒有了往日的恐懼，我安靜地躺着，心中是對世界的感激之情。「我就要離開了，不知另一個世界是甚麼樣的？」我想着，陽光依舊那麼明媚，空氣中依然飄着淡淡的花香……

驀然回過神來，發現自己正望着窗外發呆。假如我是一隻蝶，我不為生命的短暫而感到悲傷，因為那種美被時光雕刻而不被時間腐蝕，對於一隻蝶來說，那是美的永恆。

如果我是一名社工

黃樂楊　寶安商會王少清中學

眾所周知，現時香港精神健康的資源供不應求，甚至有人不知道該如何求助，令社會謀殺案頻頻發生，危害他人生命。作為一個青少年，我們不得不察覺情緒起伏變大，加上身邊人士施加重如泰山、稱作「壓力」的大石，因此我們有必要瞭解自己的精神健康狀況。

正因上述的種種原因，促使我立志成為一名社工，藉此關注社會精神健康發展和減少精神病被污名化。自從升上中學後，我多閱讀精神科書籍，瞭解各種精神病（例如抑鬱症、焦慮症、過度活躍症）徵狀和難以開口的痛處，為了就是培養同理心和與精神病患溝通，創造一個讓他們敞開心扉、表達內心世界的空間。把目光看遠

點，如果我是一名社工，計劃完成學習生涯後，加入關愛隊，實地到訪各區瞭解真實案例的心理需求及從中找到溝通方式的竅門，運用書本知識融會貫通，與廣大市民同舟共濟共度難關，一同走出逆境。

雖然說現在是求學階段，但找實習機會並不限於職場上，其實只要多留意身邊，知心朋友也是一個好試驗對象。回想起平日學校吃午飯時，朋友有時候會向我傾訴心事，例如關於學習壓力的話，我會先讓他發洩情緒，之後再一同想辦法找出問題根源和找更適合的學習方法與技巧，以及起初不要給太多壓力。俗語有云：「美好的人生，是一個過程，而不是成為甚麼。」我們應欣賞自己長久而來付出的努力，儘管結果不如人意，但這反而顯化努力過後的步伐，激勵自己保持上進心，讀書自然更有效率啦！

總的來說，做社工對個人、社會、國家皆有莫大好處。在個人方面，我更容易察覺情緒變化，學會定時梳理「情緒罐」，達到精神健康。從社會角度出發，如果有更多精神病患願意，必能在減少精神病污名化起到積極作用，令社會各界多接納、關心他們，大大避免悲劇發生。把目光轉到國家層面，增加心理輔導資源和向外推廣精神健康重要性，藉此提升各國國民抗逆力和珍惜寶貴生命，利人利己，一舉兩得。

今天問心，你還好嗎？

如果我是一只蟬

譚家欣　創知中學

　　如果我是一只蟬，那我將出現在夏天，成為人們口中夏日的代表。常在樹上鳴叫，常在樹上觀察別人的人生或趣事，在窗外看着他們笑。這些都是可以作為夏天的代表。

　　如果我是蟬，那我便會在樹下的土層裏孵化，在泥土裏沉睡三年才醒來。而我出生即在夏天，在這個充滿孩子們的笑容的夏天，我將出現在這裏，聆聽着大家在這些日子裏歡快的故事。在這期間我將在窗外默默地陪伴着你，唱着夏天的歌，活在夏天。

　　樹葉被風吹過，樹蔭慢慢散去，我也飛走了。

　　我飛到了田裏，對着其他小昆蟲們打招呼，在烈日之下我們各自飛向不同的地方。在蟬的眼裏夏天一定和我們的不一樣吧。從他們眼中我們活着的世界是多麼巨大。

　　當一只蟬可以自由地到處飛，但並不代表我們自由了。

　　當我成為了一只蟬後，在某天我正在樹上休息，迎面卻走來了一位滅蟲人。他將會把「槍口」對準我，然後開槍，結束我那短暫的一生。在地下三年，上來後便是為了迎接十幾天後的死亡嗎？不。蟬為了夏天貢獻了許多，只是人們沒發現而已。在人們歡聲雀躍地玩耍時，蟬總會在一旁默默地祝福。

　　如果我可以，我願意成為一只蟬。

如果我是海豚

潘樂雯　東華三院辛亥年總理中學

　　假如我是一條在海面歡快灑脫的海豚，優雅自由地騰躍在這碧藍如茵的大海，每天都可以看到大海不同的樣子，有時候海面上被太陽照到波光鱗鱗，閃爍着五光十色的光環，遠處可眺影影綽綽的點點白帆；有時候絢麗的朝霞映在那遼闊的海面上，猶如仙女剪下的紅霞，把大海裝點得格外美麗；有時候在晚霞的映照下，珍珠般的浪花帶動着小船，在那里漂來蕩去，在這個無邊無際的大海無憂無慮地漫游，很是愜意。

　　有一次看到有人在船上我很好奇，游了過去看個究竟，而那個人好像也好高興興奮呢，還給了我一條魚，我很開心。

　　可是現在的大海好像沒有了以前那些美麗，海底都有白的，紅的，黑的「不明物體」，有的還會浮在海面上，在那些時間我媽媽叮囑我不要靠近那些東西。

　　但是突然我看到一個船，我想起來上次那個好心人，也抱着興奮的心情游了過去，但是那個人好像和上次那個人不一樣，他給了我一個白色的「不明物體」，我一眼就認出來了，就是平時經常在海裏看到的東西和媽媽讓我遠離的東西，但是我很好奇是甚麼就收下了，我覺得這個是食物就吃了下去，因為上次那個人就很好，給了我一條好吃的魚呢！然後那些人就一直笑，我也不知道他們在笑甚麼，但是我也覺得好開心和他們道謝之後就走了，之後我還和我的小夥伴說了這件事，他們也好羨慕我呢！

　　在那個之後，當我和我的朋友們一起在大海里游泳的時候，就感覺和平時的感覺不一樣，好像……沒有游得那麼快了，呼吸也沒

有那麼順利，但是我沒有刻意留意。

傍晚的夕陽在藍天的輝映下，雲霧繚繞，漫天霞光，夕陽映照下的大海，彷彿一幅淡墨山水畫，我真的很喜歡這個家，很喜歡很喜歡，但是我覺得⋯⋯越來越困就睡着了⋯⋯

在現在河流、海洋、湖泊、水潭的污染越來越大。人類亂扔垃圾入江河、湖海，原來美麗的大海瞬間變成了一條臭水溝，很多水生物死於我們亂扔垃圾的行為！那些工廠把不達標的污水、垃圾、鉛、毒⋯倒入河流和海洋。有多少海洋生物吃了這些垃圾之後造成死亡？那些動物才是這個地球上的「原住民」，而我們就把他們唯一的家園破壞了，不應該覺得可悲嗎？

如果我是一片海

關淇勻　天水圍香島中學

我印象中的大海是怎樣的呢？是碧藍的、一望無際、是夢幻的、是我的未來。我經常和朋友們在周末去欣賞大海。哇！大海真美啊！真想每天都待在沙灘上看海。可是現在，這些都成為過去，我再也見不到這樣美麗的大海了，因為到處都是垃圾、污水、有毒物質⋯⋯人類破壞了。海底的魚兒漸漸遠我離去，我們要接受這樣的痛苦。但不過沒有關係，世間的事情都有輪迴，一切事情都是注定的，既然我們沒有辦法逃避，那我們就努力去解決，我會包容一切，如果我是大海⋯⋯

如果我是一片海，那我一定是一片寧靜的大海，不會因為自己的狂躁、生氣和抱怨來發洩我的脾氣，也不會利用自己無際、陰沉

的角度吞噬任何生命，哪怕是一粒塵埃。

如果我是一片海，那我肯定是一片活潑的大海，波光粼粼，無邊無際，隨着海草舞蹈，隨着魚羣游泳，隨着潮流湧動，自由自在，儘管累得筋疲力盡也不願停歇。

如果我是一片海，那我肯定是一片寬容的大海，我可以容納所有的溪水和川流，可以孕育許多的生命和資源，可以承載所有的壓力，可以消化辱罵和傷害，也可以包容所有的骯髒和污垢，哪怕我的付出無人知曉。

如果我是一片海，那我肯定是一片激情的大海，我不會讓寒冷的冬天和囂張的海嘯來抹殺我熱情的心，我不會讓那陰冷的風和暗灰的天來抹殺我有趣的靈魂。

我要是一片大海該多好，每天自由自在，擺脫所有的枷鎖，掙脫所有的束縛，拋開所有的煩惱，跨越所有的地界，來一場世界旅行，無憂無慮的，然後，坦蕩、自由地流向遠方，流向那夢幻、和平且神秘的地方。

如果我是一本字典

李曉晴　天水圍香島中學

如果我是一本字典，那該多好啊！字典能使同學們理解詞義，可以鞏固拼音知識，並且學會更多的詞語，包括詞語的意思，延展更多的知識內容，查一個字就可以接收更多的信息，掌握更多知識。

字典是我們百問不厭的好老師，它可以幫助我們識字，解詞，提高我們的語文水平。我們閱讀文章時，遇到文字上的障礙，應當

隨時請教這位老師，而不要遺忘呢！如果你要自學英語和日語等外語，別忘了它呀！它可以給你插上騰飛的翅膀，令你展翅高飛在知識的海洋。它的好處簡直是多不勝數啊！

如果我是一本字典，我會讓所有需要看字典的同學都看到，這樣他們就可以學到更多知識，明白各個詞語的不同用意，在寫作上豐富自己的文章外，也能寫出一篇令人難以忘懷的文章；除此以外，在閱讀上，除了字面意思，透過字典所解讀的一個字，更可領悟到文句中所帶出的含意，增進自己認識之如，更能懂得語文的樂趣啊！當你真正用心品讀字典上的字詞和句後，你會發現，唯有字典，方能全面體現出中國漢字的博大精深。

字典它所囊括的東西，也是其他書籍無法企及的。除了字形，它還包括字音、釋義、例証、體例以及附錄內容，因此，熟讀字典，有助提高對字詞句的理解和準確使用，同時有利於提高寫作水平。還有，在溝通上能學懂更多字詞對答，能讓自己在溝通用詞更得體。總括而言，如果我是一本字典，能豐富各人對中文的認識，更了解到中文的精神，對生活、學業會有很大幫助，還能更精準用詞溝通，簡直是一本讓人快樂和見多識廣的字典啊！

如果我是一片雲朵

汪泓汕　廠商會蔡章閣中學

　　假如我是一片雲朵，一片自由自在的雲朵，悠然自得地漂浮在天空中。我會隨着風緩緩飄動，去到任何我想去的地方，見識世界的美麗。

　　在朝陽升起時，我會懸掛在天際，任憑那似火的朝陽染紅我潔白的上衣。我看到地面上的人們已經開始了活動，孩子們三五成羣地趕去上學，而大人們則趕去上班。這時，我會在他們的頭頂飄揚，給他們帶來清涼的微風。

　　當中午艷陽高照，太陽火辣辣熾烤着大地時，我會移到他們的頭頂，為他們投出一片蔭涼，成為他們的遮陽傘。這時，他們便可以放下手頭的工作，在草地上小睡一會兒，又或是享受寧靜的午後時光。

　　我要到蔥鬱的森林裏，與那裏的鳥雀共舞。我要飛到萬丈的雪山之巔，與冰雪嬉戲。我要到那無邊無垠的沙漠，遮蔽那炎炎的烈日。我要去內蒙古無邊的草原，放牧那裏的牛羊。

　　如果我是一朵雲，一朵自由自在、無憂無慮的雲，跟着遷徙的鳥羣，伴着轟鳴的飛機遊遍世界。在夕陽西下，我要抱住將要下山的太陽，將自己與夜晚的巴黎融為一體；在黃昏中，我會和鳥羣在那塔頂進行狂歡。我要到夜晚的維港觀看燈光音樂匯演，隨着交響樂響起，港內宛如盛開的玫瑰，映襯着這座美麗繁華的都市。我要到夜晚的康橋，願化作康橋水底的一棵水草！我要到美麗的北京，在天安門上空游弋。我要去江南的烏鎮，在空中灑下滴滴小雨，讓雨滴與石板奏出最美的交響樂。我要到繁華的上海，在黃埔江上留

下我的倒影！我要去大西洋沿岸的邁阿密，感受浪漫的熱帶風情。我想在海上潑下傾盆大雨，讓狂風將巨浪捲起，驚濤拍岸，捲起千堆雪。

我是一片雲，遊歷過都市與古鎮，也去過原始森林和雪山之巔，看過大漠似血的落日和從青青草原升起的朝日。我在破曉時分踏破萬家燈火，在深夜扯散滿天星辰。我曾在清晨給人們帶來涼爽，也曾在正午使人休息。古人云「讀萬卷書，行萬里路。」，假如我是一片雲，便可以自由地旅行，而不用苦苦等待下一個假日……

如果我是一張椅子

李文芯　廠商會蔡章閣中學

如果我是一張椅子，那麼我將成為人們日常生活中不可或缺的一部分。我將伴隨着人們的坐姿，為他們提供舒適的支持和休息。

首先，作為一張椅子，我的主要目的是為人們提供坐着的場所。無論是在家裏、辦公室、學校還是公共場所，我都會靜靜地等待着人們的到來。當人們疲憊或需要休息時，他們可以毫不猶豫地靠近我，坐在我的懷抱裏。我會用我的舒適坐墊和強大的支撐能力，讓他們感到放鬆和安心。

其次，作為一張椅子，我也扮演着人們交流和分享的角色。當家人圍在一起，談天說地時，我可以成為他們的聚會場所。他們可以圍坐在我周圍，彼此交換想法和情感。我可以見證他們的歡笑和眼淚，成為他們共同的回憶。

此外，作為一張椅子，我也具有藝術和設計的價值。無論是製

造過程中的設計師，還是使用者在挑選椅子時，都會注重我的外觀和風格。我可以成為房間的點綴和亮點，增添整個空間的美感。我的材質、顏色和形狀都能反映出主人的品味和個性。

最後，作為一張椅子，我也承擔着可持續發展的責任。在現代社會，人們越來越重視環境保護和資源回收。作為一個有意識的椅子，我將以可再生的材料製造而成，並且在使用壽命結束後能夠被循環再利用。我將成為可持續發展的一部分，為地球的未來盡一份力量。

總之，如果我是一張椅子，我將成為人們生活中不可或缺的存在。我將為人們提供舒適的坐姿，成為交流和分享的場所，展現藝術和設計的價值，並且承擔可持續發展的責任。無論是在寂靜的角落還是熱鬧的場所，我都將陪伴着人們，成為他們生活中的一部分。

如果我是個君子

蔡欣豫　香島中學

「天將降大任於斯人也，必先苦其心志，勞其筋骨，餓其體膚，空乏其身，行拂亂其所為，所以動心忍性，增益其所不能。」在如今的世道中，保持正直，性格堅韌的人不多了。而君子，便是一朵「出淤泥而不染」的蓮花。如果我是個君子，我會堅守克己修身的信念，以德交友，一生坦坦盪盪地活着。

「天行道，君子以自強不息」，此句出自易經乾卦 —— 真正的君子從不依靠權高富貴，而是靠着自強不息的奮鬥精神，實現自己的目標。縱觀歷史，不難發現這種精神也正是中華民族的核心文化思

想。作為其中一位在芸芸眾生中奮筆疾書的學生，也應當要有「富貴不能淫，貧賤不能移，威武不能屈」的骨氣。否則，就算我成就再高，也只會反過來禍害眾生。

「地勢坤，君子以厚德載物」—— 君子待人以寬。如果我是君子，在交友方面雖然只與品性兼優的人交好，但是對其他人亦需要有寬容的氣量，以正直對待仇恨，以恩德回報仇恨。同時勸告身邊的人端品潔行，亦從不在背後議論別人的不好，並幫助有需要的人，換句話說，便是待人以禮。正所謂勿以善小而不為，在平時的生活中，讓座等小事雖小，但就算不是君子，也理應如此做，更何況是君子呢。

當然，君子不是一根筋，不識變通的迂腐書生。在勸告別人時，「忠告而善道之，不可則止，毋自辱也」；在為人處事上，「質直而好義，察言而觀色，慮以下人。在邦必達，在家必達」。這一點從古代的硬幣上可見，外圓內方，不得罪人也不隨着波流，觀大局而不拘小節，君子正是要義以為上。

「君子食無求飽，居無求安，敏於事而慎於言」，君子的品格和處事方式都是我所嚮往和追求的，回顧古今，追求此種高尚品德的人不在少數，不少人認為世上多是偽君子，但是如果那些「偽君子」願意壓住內心的邪念，行君子所為，做君子所做，那便也是一個君子。

我希望自己也能做一個真君子！

如果我是一名警察

吳可馨　鳳溪第一中學

　　我時常托腮胡思亂想，想得最多的是：假如我是一名警察，該多好啊！

　　當看見電視裏出現警察的畫面時，我心中的敬佩之情就油然而生。看見警察叔叔把犯罪份子抓住，一種想法從我的腦中快速閃現，我要立志當一名警察！記得有一年十月一日那天，我在電視裏看到國家主席檢閱人民軍隊的情景，聲音是那麼的鏗鏘有力，我就想着：我要是其中的一員，該多好啊！

　　如果我是一個警察，我可以在街上巡邏，留意有沒有路人需要我協助，特別是小孩子和老人家，一個地方充滿友愛和互相幫助，世界就更美好！在沒有罪案的時候，警察仍然可以發揮他的功能。

　　如果我是一個警察，我希望我可以維持公眾秩序，若沒有發生破壞秩序的事情，那就更加好，我寧願我不用使用武力去維持秩序，手槍永遠都放在槍袋中，從來不需要拔出來。

　　警察就要為人們服務，不管有多大的困難，不管有再大的風險，心中就只能有一個念頭：這是自己的職責。這個職業能為人們解除擔憂，讓人們過上一個幸福安定的生活。

　　假如我是一名警察，我一定會剛正不阿，秉公執法，做一位讓人民有安全心的警察。就算別人用巨額賄賂我，我也不會對這些不法分子放一條生路，讓他們繼續危害社會。

　　假如我是一名警察，我要勤勤懇懇為人服務，不圖回報，一旦為了一己私利而放過犯法之人的話，那就不配當警察，簡直是警察的敗類。

假如我是警察，我們還要保家衛國。心裏應該每時每刻想到：國家興亡，匹夫有責，更何況是警察，只要國家用得着我的地方，我一定會赴湯蹈火，萬死不辭。

我願為人服務，為社會服務，為我的國家服務。

如果我是海洋之門的行政總裁

鄭嘉兒　圓玄學院妙法寺明陳呂重德紀念中學

作為海洋之門的行政總裁，我將以保護、維護和永續利用我們的海洋資源為首要任務。海洋對地球生態系統和人類福祉至關重要，因此，我將致力於推動可持續發展和保護海洋環境的相關措施。

首先，我將加強海洋保護區的建設和管理。這些保護區將成為海洋生態系統的避難所，提供物種保護和生態恢復的機會。除了確保保護區的有效執行外，我還將致力於推動國際合作，以擴大保護區的範圍和保護生物多樣性。

第二，我將推動海洋污染的防治。海洋中的塑料垃圾和其他污染物已成為全球環境問題的主要來源之一。因此，我將與政府、企業和公眾合作，制定和執行減少塑料使用、改善垃圾處理和推動循環經濟的計劃。同時，我將加強監測和懲罰那些違反海洋環境法規的行為，以確保海洋的健康和純淨。

第三，我將促進海洋可持續利用。海洋資源的合理利用是實現經濟發展和減少貧困的關鍵。然而，這必須在確保海洋生態系統的健康和可持續性的基礎上進行。我將推動漁業管理的改革，確保漁業資源的永續利用，並鼓勵開發可再生能源，如海洋風力發電和海

洋太陽能發電，以減少對化石燃料的依賴。

　　此外，我將加強科學研究和教育。了解海洋的運作和生態系統是保護和管理海洋資源的基礎。我將投資於海洋科學研究，並鼓勵科學家和學者進一步深入瞭解海洋。同時，我將推動海洋教育的普及，提高公眾對海洋議題的認識和重視。

　　最後，我將積極參與國際海洋事務。海洋問題是全球性的挑戰，需要國際社會共同努力解決。我將與其他國家和國際組織合作，分享經驗和資源，共同應對海洋污染、氣候變化和資源衝突等問題。

　　作為海洋之門的行政總裁，我將全力以赴，確保我們的海洋資源得到充分保護和永續利用。這不僅是對我們自身的承擔和責任，也是對未來世代的承諾。透過采取可持續的措施和促進國際合作，我相信我們可以實現海洋生態系統的恢復和人類的繁榮。

　　我希望能夠成為一個激勵和啟發他人的領導者，鼓勵公眾參與和共同努力，以實現海洋保護和可持續利用的目標。每個人都可以在自己的生活中採取行動，減少對海洋的負面影響，例如減少使用一次性塑料產品、參與海灘清潔活動和支持海洋保護組織。

　　作為海洋之門的行政總裁，我將致力於建立一個更美好、更健康的海洋環境，讓我們和未來世代都能夠享受到海洋的福祉和資源。這需要全球共同努力和長期承諾，但我相信只要我們團結一致，我們可以實現這一目標。讓我們攜手合作，為我們的海洋創造一個更可持續的未來。

我心中的英雄

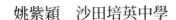

姚紫穎　沙田培英中學

　　「上午六時，天文台發放十號熱帶氣旋警告信號，各位市民應避免出外⋯⋯」電視機的聲音夾雜在狂風暴雨中。「媽媽，太好啦！今天你不需要工作，我不需要上課！」妹妹興奮的聲音與灰暗的天氣格格不入。剛起床的我拿起一杯水走到窗邊，想看看有誰那麼不要命，在打風的日子還在街外。就是那一眼，我看了很久⋯⋯因為他真的很像英雄。

　　一套螢光黃的制服，一層單薄的塑料透明雨衣，一頂帽子，就是這樣簡單的裝束站在狂風之中。從高處向下望，他拿着掃把，把斷了的樹枝清理掉，把被風吹在地的紙張清理掉，為的就是將颱風的壞藏起來。

　　「吃早餐了！」我離開窗邊，不斷想着剛剛看到的那一幕。他們平日一直不起眼，只記得他們喜歡在樹陰底下打掃樹葉，真的沒有過多的印象。只是好像我們從來都沒有思考過，颱風天後為甚麼街道可以回復如初？好像絲毫都沒有受颱風影響般。

　　接近早上十一時，我再次走到窗邊，依然看到那一抹螢光黃。他一直彎着腰，不知在地上執拾甚麼？可能是被雨水打濕的報紙，以前我不小心把報紙弄濕在地上，媽媽走了三四趟才把濕透的報紙扔掉；也可能是在清理像人那麼高的樹幹，上次看到兩個樹藝人員搬小樹幹已非常吃力，也不知道他能否搬得起來。

　　下午一時，風勢越來越強。我猜想他應該要離去，再這樣下去他真的有可能被風吹走。可是，他還在。街道上只有他一人，他在守護這個屋苑。他單薄的身形像是下一秒就會被風吹倒，身上的塑料雨衣快要被風吹翻。但這些也不妨礙他繼續守護，守護我們乾淨的家園。

　　颱風天過後一日，我出外幫家人買外賣。聽到鄰舍在互相抱怨：「街道上還有些紙皮，到底有沒有人在清理啊？」我替那天的清潔工人感到不忿，好像他們的努力沒有人看到。拿起外賣，走出餐廳，剛好在樹陰底下遇到一位清潔工人。我把外賣裏的一瓶飲料拿起，遞給他。他非常疑惑地看着我，好像從來都沒有人對他們另眼相看過。我示意他可以休息一會再做。他伸出手接過那瓶飲料，我看到他的手異常紅腫，心裏有點不好受。我跟他說：「伯伯，在颱風天工作很危險，為甚麼要繼續做？」他半開玩笑地反問我：「我不做，有誰會清理呢？」他停了一下繼續說道：「辛苦、危險都是要硬着頭皮。」「伯伯，謝謝你。」這次他感到震驚，應該已經很久沒有人跟他說過這句說話了吧。

　　回到家後，我把外賣放在桌上。妹妹就跳上椅子在袋裏翻找甚麼，她突然淚眼婆娑地看着我：「姐姐！我的檸檬水呢？你沒有幫我買嗎？」「我明天再買給你！」「為甚麼？為甚麼？我要我的檸檬水……」「因為我把它送給了我的英雄。」

林俊勤　文理書院（九龍）

　　我閉上雙眼，回憶充斥腦袋，那些年的畫面，浮現出一個英勇無畏的背影，我心中的英雄是一個默默無名的家庭主婦。

　　母親是我生命中最重要的人，也是我最常忽視的人。她是我心中最偉大的英雄，不是因為她拯救了世界，而是因為她用愛和關懷塑造了我，令我能健康快樂地長大。

　　母親是勇者的典範，她從不害怕困難，不在乎多辛苦。她總在我最需要她的時候，站在我身邊，給予無盡的支持和鼓勵。無論我

遇到甚麼困境，她總能用堅定的步伐引領我逃脫，找到出口，她的眼神和話語令我相信，我可以戰勝一切。

她總把我的需要放在第一位，毫不猶豫地為我付出一切，沒有一絲遲疑，沒有一絲埋怨。她用雙手編織着溫暖的家，用心靈滋養着我成長。她的愛是我生命的陽光，讓我感受到無盡的溫暖和安慰。

母親是智慧的化身。不是她能幫助到我學業上的困難，而是給予我明智的建議和指導，教會我如何正確地面對挑戰和看待世界，她告訴我這裏不只是充斥着埋怨和責備，更多的是關心和體諒。她的智慧和經驗是我人生道路上的指南針，讓我走向正確的方向，追尋自己的理想。她教我勇敢地面對現實，堅持追求夢想，無論成功與否，也不輕易放棄。

母親是一位溫柔慈愛的人。她的微笑是我生命中看過最溫馨的風景，她的擁抱是我最溫暖的庇護所。在她的懷抱中，我感到安心和寧靜，知道無論發生甚麼，她都會把我護在身下，在這裏為我撐起一片藍天。

母親是一位值得我敬佩和學習的人。她用她的生活方式和行為告訴我甚麼是真正的堅韌和無私的奉獻。她從不退縮，面對任何事總是迎難而上。她是我人生道路上第一個榜樣，一直以來都把她的畢生所學授予我，小至教我日常生活的知識，大至教我要有明辨是非的能力和與人相處溝通的方式。

她在我心中就是真正的英雄。她雖然沒有超能力，沒有改變世界的魔法，但她用愛改變了我的人生。她是我生命中最重要的人，我永遠感激她的付出和無私的愛。無論我將來走到哪裏，結識甚麼朋友，面對怎樣的挑戰，我都會牢記母親的教誨，勇敢地面對一切，繼承她勇往向前、永不言敗的精神。

黃曉盈　天水圍香島中學

　　我心中的英雄──張桂梅女士。張桂梅女士1957年6月生於黑龍江省的一戶滿族農民家庭，在她17歲時便離開東北到雲南支邊，後隨丈夫到雲南大理的一所中學任教。後因為張老師的丈夫因病去世，所以她自願申請從大理調到了麗江市華坪縣民族中學任教。調到這所學校後不久，張老師患上了子宮肌瘤，但由於之前給丈夫治病，她留有的積蓄已所剩無幾。但後來這一消息被學校裏其他的老師和縣長知道後，紛紛都出來幫忙，這才得以治療。

　　在任教期間，張老師發現，許多的女學生源源不斷地從課堂上「消失」。她百思不得其解，究竟是為甚麼這些女學生上學上得好好的，為甚麼突然就不來了。她只好利用自己的空閒時間走進深山裏一家一家地進行家訪。但她去了後，發覺不對，為甚麼有些家庭一個十幾歲的女孩子，就早早被迫結婚了。2001年她兼任新建的華坪縣兒童福利院的院長。因為民族中學和福利院的經歷，張老師在心中萌生了一個想法，開一所全免費的女子高中。

　　但在貧困的山區裏想要開一所女子高中並不是一件容易的事，也有很多人勸過張老師，可是張老師不服氣。張老師說：「女孩子受教育是可以改變三代人的。」她想要從根源解決問題，解決掉惡性循環。張老師當時天真地覺得這件事是件好事，逢人都會支持的吧，所以她滿大城市拿着自己的榮譽獎狀和身份證去要錢，可是錢沒要到卻收到了許多人的謾罵，說她是騙子。就在她瀕臨放棄時，一個轉機出現了。張老師因為當選黨的十七大代表，去了北京領獎，在那裏她遇見了一位記者。她們交談過後的第二天，一篇名為「我有一個夢想」的文章報導，席捲互聯網。此後麗江市和華坪縣等各地各拿出一百萬幫助張老師辦校。至此全中國第一所免費女子高

中「華坪縣女子高級中學」就此誕生。

　　在這所學校，學生們的基礎都普遍較差，但張老師不但沒有放棄，反而變得更加賣力地教書，她說：「基礎差，沒關係！那就從字，一個一個地慢慢學，一道題一道題地慢慢解。」功夫不負有心人，華坪女高的第一屆畢業生，高考上線率達到了百分之百。但張老師的身體卻日漸變差，她患上了肺氣腫，肺纖維化，小腦萎縮等……十一種疾病。她終於停止授課了。在這所高中，張校長既是學校的校長，也是老師，也是保安。

　　我記得張桂梅老師說過一句話，「我生來就是高山而非溪流，我欲於羣峰之巔俯視平庸的溝壑。我生來就是人傑而非草芥，我站在偉人之肩藐視卑微的懦夫！」。我們生來就是高山，而非溪流，女性生來就有無限的可能，大山裏的女性們的命運不應該僅僅侷限於生育下一代，做農活消磨一生，活着一眼就望到頭的人生。束縛着她們的是思想，是貧困。

　　唯有教育可以改變這一現狀，張老師改變了一代人的命運，將讀書的種子種在了千千萬萬女孩子的心裏，讓更多大山裏的女性可以有選擇。而我相信這顆種子一定會展闊到更多教育落後的地區，讓所有的女性都能夠靠着知識改變自己的命運，走出那片大山，活出自己璀璨精彩的人生！張桂梅女士種下了這一顆種子，她是真正的為女性戰鬥的勇士，她永遠是我的榜樣，亦永遠是我心中的英雄！

羅偉瓏　佛教大雄中學

　　我相信每個人心目中都有一位英雄存在着。而甚麼是英雄？大多數的人都認為英雄一定是拯救過世界，為世界作出貢獻的大人物，而我心中的英雄卻是我最尊敬的人——媽媽。

　　這位英雄在我心中是唯一及無可取替的。她的臉蛋上雖有些皺紋，但鑲着端正的五官，最突出的更是額頭中間有一粒痣，讓人能一眼便能把她認出，她今年已四十歲，是我們一家七口的大英雄。

　　她每天一大清早便要擔起種種的家務，到我就讀二年級的時候，她還要重新投身社會，為我們這個家減輕一些負擔。就算如此，她從沒有說過一個累字，只希望孩子們擁有一個無憂無慮的童年。有時我也會去問她，你把最好的都留給我們，那你自己怎麼辦？她卻說我們是她的動力來源。

　　她總是在一旁督促我做作業，不讓我偷懶，我遇到難題時，她就算不會，也會設法去幫我解決，而不是把我和別的孩子比較。她也不曾給過我們任何壓力，讓我們自行選擇想走的路。而她，只有默默地在前面為我們鋪路。

　　她總是能一眼就看出我心裏所埋藏的心事，之後就會開導我、幫助我去解決所有的事情。她也對我們一視同仁，從不偏袒我或者姐姐，處處為我們着想。當我們任何一人做錯事時，她不打也不罵，只會用溫柔的聲音勸導我們，不讓我們步入歧途。在我滴下眼淚時也會鼓勵我說：「男兒應志在四方，應有遠大的志向，不應為了一些小事而哭！」

　　在我的記憶裏，她總是微笑着的，但是我知道她也有感到傷心、難過的時候，甚至會在暗地裏偷偷哭泣。我想，她只不過是為了不讓我們擔心或難過，所以才一個人獨自地承受。她從小到大可

能也沒去過甚麼地方，最遠的地方也可能就是她上班的地方，懵懵懂懂的就過了半生。

她所作出的貢獻，遠超過世人眼中所定義的英雄條件，她不但照顧了我們的起居生活，更富足了我們的心靈，所以她永遠都是我心目中的英雄！

李穎霖　廠商會蔡章閣中學

世上有一個人，他造就了如今和平、美好、繁華且現代的中國。他讓我們過上安穩的生活。他是一個十分偉大的人。他是一道光，給中國賜予了生命，照亮了紅色五星國旗，照進人民心中，使人民對未來憧憬充滿希望，多了一份對美好的嚮往。他就是民眾心中的英雄，大名鼎鼎的毛澤東主席。

毛澤東出生於 1893 年，湖南湘潭人。他是個偉大的馬克思主義者、無產階級革命家、戰略家和理論家，中國共產黨、中國人民解放軍和中華人民共和國的主要締造者和領導人。

他曾在辛亥革命爆發後在起義的新軍中當了半年兵。隨後 1914 年至 1918 年，在湖南第一師範學校求學。畢業前夕和蔡和森等組織革命團體新民學會。五四運動前後接觸並接受馬克思主義。1920 年，在湖南創建共產黨組織。他還曾在抗日戰爭開始後，以他為首的中共中央堅持抗戰統一戰線中的獨立自主原則，努力發動羣眾，開展敵後游擊戰爭，建立許多抗日根據地。於一 1938 年 10 月，在中共的六屆六中全會上提出「馬克思主義中國化」的指導原則。他還在抗日時期發表了《論持久戰》、《新民主主義論》等重要著作以激勵民心。

在 1942 年，他領導全黨開展整風運動，糾正主觀主義和宗派主義，使全黨進一步掌握了馬克思列寧主義的普遍真理和中國革命的具體實踐相結合的基本方向，為奪取抗日戰爭和全國革命勝利奠定了思想基礎，並在毛澤東的帶領下，打敗了日本侵略者，解放全國人民，建立新中國。在 1945 年的中共第七次全國代表大會上，毛澤東思想被確定為中共的指導思想。

抗日戰爭勝利後，針對蔣介石企圖消滅共產黨及其他武裝力量的現實，毛澤東提出「針鋒相對」的鬥爭方針。1945 年 8 月赴重慶同蔣介石談判，表明中國共產黨爭取國內和平的願望。1946 年內戰爆發後，毛澤東同朱德、周恩來領導中國人民解放軍進行積極防禦，集中優勢兵力，逐個殲滅敵人。隨後在 1949 年渡江戰役取得勝利後，成功推翻國民黨政權。在 1949 年 10 月 1 日，中華人民共和國建立，他當選為中央政府主席。

最後，毛澤東主席於 1976 年 9 月 9 日在北京逝世。毛澤東是一個偉大的人。雖然他在晚年犯了嚴重的錯誤，但就他的一生來看，他對中國革命作出了無可爭議的貢獻，其功績遠大於他的過失。他的功績是第一位，錯誤是第二位，所以仍然受到中國人民的崇敬。人民永遠銘記於心，永不遺忘，並銘記歷史，勿忘國恥。

刁陽陽　佛教沈香林紀念中學

世界上沒有突如其來的英雄，只有挺身而出的凡人。

在現在不同的時代裏，都有各自屬於那個時代的英雄。而現在這個時代的英雄就是醫生，他們是英雄也不是英雄。他們是平凡英雄。自 2020 年起，我們身邊源源不斷的出現了很多平凡英雄。他

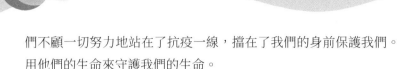

們不顧一切努力地站在了抗疫一線，擋在了我們的身前保護我們。用他們的生命來守護我們的生命。

2020 年一場突如其來的新型冠狀病毒襲擊了全世界，打破了人們生活的節奏，世界一度按下暫停鍵。我們所生活的中國、我們的祖國發生了翻天覆地的變化。雖然這場病毒使得中國人民陷入了一度的危險之中，但也同時展現了中華人民的民族精神。在危險的時刻，總要有人站出來，做一位讓人敬佩的逆行者。他們用肩膀扛起了國家的責任，他們是白衣天使，他們就是醫護人員。

說到底哪有甚麼白衣天使，不過是一羣人換了一身衣服治病救人與死神做爭鬥罷了。他們背負起責任，向國家寫下了申戰書，按下了一個又一個的手印，主動的奔向了這場沒有硝煙的戰爭。為了抗擊疫情，國家調動了全部的人力物力財力，由 2020 年 1 月 3 日到 2020 年 2 月 2 日兩所震驚全世界的醫院建造成功了 —— 火神山、雷神山。在這短短的時間裏，全球人民見證了中國的能力和團結。

面對新型冠狀病毒，84 歲的鐘南山再次披掛上陣，奔向前線，穿上白衣，全力以赴。鐘南山曾說過：「我不過是一個看病的醫生。」而就是這樣一個凡人，用自己年邁的身軀再次撐起了國家的燈火，救萬人於災難之中。在鐘南山的帶頭下，全國四萬多名醫護人員奔赴往湖北武漢。他們時時刻刻記得自己的身份，不辱國家給的身份。

在抗疫過程中，像鐘南山這樣的醫護人員還有很多。疫情防控中的醫務人員，往往來不及脫去防護服，在高壓的工作下過度疲憊，他們會直接蜷縮在地上休息，只為了能打贏這場戰爭。在城市淪陷時、在國家呼籲民眾居家隔離時，醫護人員在日以夜繼的工作着。他們有的因為防護服密不透風暈倒，有的因為高強度的工作突發疾病不幸離世，有的因為接觸患者而感染了病毒身亡。可是就算到了生命的盡頭他們也在用盡全力去工作，去拯救患者，去死神手

中把生命奪回來。而那時的我非常愚蠢一度覺得那些只是他們該做的事情。到後由我發埗我錯了，錯的徹徹底底。我在電視上看到那些醫護人員帶着病上班還在努力的工作，我為自己無知的思想感到抱歉。

　　大年三十，本應該是快快樂樂闔家團圓的日子，是一年之中每個人最開心的日子。但是因為疫情，仍有大批的醫護人員吃不上年夜飯也不能見到日思夜想的家人。他們有着鋼鐵般的毅力，有着為了祖國的安危放棄和家庭團聚的精神。他們像是黑暗的夜空中的星星，點亮了各個家庭，點亮了中華大地。他們手中握着的是一條條鮮活的生命，守護着的是醫生對於病人救死扶傷的承諾。疫情無情人有情，疫情向我們燃起戰火，我們也絕不後退、絕不畏懼！

　　每次看到電視上的新聞，各國因為疫情犧牲了上百萬人時，我多麼慶幸，生於華夏，在我們的身後，有着偉大的祖國，這種偉大是全國人民的無怨無悔；是醫護人員的默默付出；是 84 歲高齡的鐘南山卻仍然為國家付出的偉大精神⋯⋯

　　醫護人員也不是超人，他們和普通人一樣，有血有肉也會累，他們也不是無敵他們也會感染病毒。那為甚麼會有他們？是因為有一種無形的力量支撐着他們。那種精神就是責任，這是多麼可敬的！

　　世界上沒有過不去的坎，也沒有迎不來花朵的春天。這樣的人是我心中的英雄，讓我敬佩！

馮可雯　天主教培聖中學

在我的生命中，有一位永遠值得我敬仰和仰慕的英雄，那就是我的爸爸。他是我心中最偉大的存在，他的愛和奉獻讓我感受到無盡的溫暖和安全感。他是我生命中的支柱，無論我遇到甚麼困難，他總是在我身邊給予我力量和指引。

爸爸是一個平凡而堅強的人，他每天早出晚歸，為了家庭付出着辛勞的汗水。他是一位勤勞的農夫，在農田裏辛勤耕耘，與大自然和諧共處。他用辛勤的勞動，為家庭帶來穩定的收入，讓我們生活得安居樂業。

除了努力工作，爸爸還是一位樂於助人的人。每當有人需要幫助，他總是毫不猶豫地伸出援手。他曾多次參與社區的志願活動，無償地為他人提供幫助。我記得有一次，我們在街上看到一位老奶奶摔倒了，爸爸立刻衝上前去扶起她，細心地關切着她的安危。那一瞬間，我看到了爸爸的善良和關懷，他對他人的關心超越了自己的利益，這讓我深深地感到驕傲和敬佩。

爸爸不僅在物質上支持我們，更在精神上給予我們無盡的愛和關心。他總是耐心地聆聽我的困惑和煩惱，給予我智慧的引導和溫暖的慰藉。當我遇到挫折和困難時，他總是鼓勵我堅持下去，相信自己的能力。他的鼓勵和支持讓我勇敢地面對挑戰，追尋自己的夢想。

爸爸在我成長的過程中，也是一位優秀的教育者。他教導我們正確的價值觀和道德標準，他教導我們如何做一個有責任感和愛心的人。他以身作則，用自己的行為影響着我們，讓我們明白甚麼是真正的美德和品德。他教導我們勤奮和努力，讓我們明白成功的背後是付出和努力的代價。

除了教育，爸爸也是我的良師和榜樣。他教導我們誠實、正直和努力工作的價值觀。他告訴我們要堅守原則，不輕易妥協自己的信念。他的行為和態度都展現了他的堅韌和毅力，讓我明白成功需要不斷努力和堅持。他的榜樣激勵着我，讓我努力追求自己的夢想。

總的來說，我的爸爸是我心中最偉大的英雄。他的無私奉獻、愛心和智慧讓我受益終生。他的存在是我生命中最重要的支持和動力。我深深感謝他對我們的付出和愛，我會繼續努力成長，成為他驕傲的孩子。

劉慧林　天主教培聖中學

在這個世界的角落，有一羣身着制服的英雄，他們肩負着保護我們安全的使命，他們就是消防員。他們的身影高掛着勇氣的旗幟，他們的步伐踏實而堅定。他們是無畏的戰士，是危機中的守護神，是希望的使者。

當火焰舞動着舞步，煙霧籠罩着天空，他們奮不顧身，挺身而出。他們穿梭於熊熊烈火之中，以自己的身體擋住了恐怖的熱浪，為了拯救那些被火焰吞噬的生命。他們冒着極大的危險，奮力撲滅燃燒的火海，用力量和勇氣守護着我們的家園。

他們的眼神中燃燒着對生命的熱愛，他們的手中握着對危險的掌控。當災難來臨，他們不退縮，而是挺身而出，用自己的勇氣和智慧面對一切。他們無怨無悔地投入到災難現場，用冷靜和堅定的態度，有組織地進行救援工作。

在倒塌的建築下，他們用堅強的手臂，尋找生命的脈搏；在熔化的鋼鐵中，他們用堅硬的身軀，撐起生存的希望；在水淹的地方，

他們用靈活的身手，解救被困的人們。他們的身影如同光輝的舞者，舞動着生命的節奏，跳動着希望的旋律。

他們用自己的雙手，撤離危險區域的人們；他們用自己的智慧，破壞火勢的蔓延；他們用自己的勇氣，面對恐怖的災難。他們是最堅強的戰士，是最可靠的伙伴，是我們心中的英雄。

當風暴來臨，他們不畏強風暴雨，冒着生命的危險，奮勇救援；當地震發生，他們毫不猶豫地冲向危險的地帶，救出被困的人們；當洪水泛濫，他們奮不顧身，冒着危險，將人們從水中救出。

他們的英勇事蹟，如同烈火中的光芒，照亮了黑暗中的希望。他們是我心中真正的英雄，因為他們用生命守護生命，用勇氣擊退恐懼，用愛心點燃希望。在我心中，消防員是真正的英雄。他們的勇敢和無私，是我們可以學習和崇拜的榜樣。願我們能永遠珍惜這些平凡而偉大的人們，向他們致以最崇高的敬意。

梁紫欣　佛教覺光法師中學

說到英雄，甚麼才是真正的英雄？做出驚天動地業績的是英雄；為尋求真理獻出生命的人是英雄；在平凡崗位上做出不平凡事蹟的人也是英雄。每個人心中都有自己的英雄，也有自己衡量英雄的標準，我心中的英雄不只有一個，他們在人們驚慌失措時挺身而出，他們共同之處就是在新冠疫情中貢獻過自己。

在 2020 年初，全國爆發了一場災難性的疫情 —— 新型冠狀病毒引發的肺炎。這場病毒的源頭是武漢的一家海鮮市場違法販賣野生動物。一些人為了滿足自己的口腹之欲，貪吃野味後染上病毒的。因為新年的緣故，人員流動量大，各個城市還是相繼感染上了

這種病毒。而當時，醫生們卻不顧個人安危，奮鬥在抗病毒的第一線，甚至有的一線醫生都被感染上了這種病毒。就連當時84歲高齡的鐘南山院士也積極參與到了一線疫區，進行抗疫工作。

他們奮戰在一線之上。他們不曾，也不能離開戰場，因為他們知道，一但稍稍鬆懈，疫情便會蔓延！他們將生的希望留給別人，自己卻在和死神搶人。除去醫生這層職業身份，他們也是普通人。他們也有家人，也是別人的孩子或父母。在面對疫情，他們也會害怕，但是責任讓他們選擇了逆行，勇敢面對。

除了醫生外，建築工人也對這場疫情有着莫大的貢獻。火神山醫院從開始設計到建成完工只用了10天。武漢三座方艙醫院一夜之間全部建成。這就是中國所展現出來的中國速度。都說中國可以用神一般的速度，建成一所醫院，其實我們都知道，哪有甚麼奇蹟，不過是為了生命，爭分奪秒罷了，這中國速度背後凝結着7000個建設者的共同努力。他們是無名英雄。

疫情當前，醫務工作者逆行走向一線。同時，還有我們看不到的職業在為疫情工作，例如物流人員，他們負責運輸各地寄來的防疫物資。他們隱藏在三四線中，默默地負責後勤安排。他們也是無名的英雄。

他們在這場新冠肺炎疫情中有着莫大的貢獻。在大家人心慌慌中，是他們站出來穩定和控制疫情。在災難面前，總有人為我們遮擋狂風暴雨，他們就是我心中最偉大的英雄！

陳靜怡　麗澤中學

「戰鬥勝利，他像千斤巨石一般，趴在火堆裏一動不動」，這就是為了祖國輝煌的未來、戰友的生命安危而犧牲的大英雄 ——「邱少雲」。

邱少雲為 15 軍 29 師 87 團 9 連 1 排 3 班戰士，也是中國人民志願軍一級英雄。1951 年 3 月初部隊出發前，組織上要求每人給家裏寫信。在信中，邱少雲說：「我決心殺敵立功，戴着光榮花回來看你們。」他也用偉大的壯舉兌現了自己的承諾。

戰爭進行時，聯合國軍向北進犯，往潛伏地發煙霧彈，煙霧彈帶着凝固汽油，一旦燃燒，就會點燃周圍的野草，並且不斷擴大範圍。邱少雲潛伏在最前面的一個小山包下面，火很快就燒到了他附近的野草，不一會兒，就燒到了邱少雲用來偽裝的野草，火在翻捲，煙柱在上升，空氣已經變得滾燙，他一定非常難受。但偉大的邱少雲為了不暴露隊友的潛伏位置，選擇了不作聲響，靜靜地看着烈火燃燒自己的褲腿、褲腰、衣袖、身體……即使再疼，為了保護隊友的安危，也仍然靜靜地趴在那裏，將頭沉沉地埋了下去，手深深地插進泥土裏。等啊等啊，等到晚上七時，我軍的炮彈打過來了，戰友們只用了四十多分鐘，就把整個 391 高地攻下來了。

戰鬥結束後，戰友們默默地來到邱少雲犧牲的地方，他的遺體已經蜷縮成一具黑炭，唯一沒有被燒盡的是那深深插進泥土中的雙手，還有胸前的棉衣。當敵人的燃燒彈剛剛燒着邱少雲身上偽裝的枯草時，他只要後退幾步，在身後水溝裏打幾個滾，就可以把火撲滅。但是他卻一動不動，選擇犧牲。因為他很清楚，只要自己一動，發出一丁點聲響，敵人馬上就會發現，潛伏在這裏的突擊部隊就有被消滅的危險，原定的戰鬥計劃就無法完成。為了整體，為了勝利，

他獻出了自己寶貴的生命。

「嚴守紀律，顧全大局，無私奉獻」，這短短 12 個字，是邱少雲短暫而又輝煌一生的真實寫照，也使邱少雲烈士成為萬人景仰，名垂青史的大英雄！他為了祖國日後的輝煌、為了並肩作戰的戰友，毫不猶豫地選擇犧牲自己。我們現在所享受的一切，總有人在替我們負重前行！

邱芷欣　麗澤中學

英雄的一生，不是為了存在，而是為了燃燒。是甚麼樣的燃料，能夠支撐英雄燃燒自己的人生呢？在我看來，是對家國的熱愛。

我心中的英雄，帶來傳世的氣魄。辛棄疾是南宋著名愛國詞人、豪放派代表人物。他出生時，南宋朝廷已偏安一隅，他生活在金人統治的北方。從小，他的祖父就帶着他登高望遠、指畫山河，告訴他這些都曾是大宋的江山。年幼的辛棄疾看着備受敵人壓迫和侮辱的同胞，在心中發下宏願 —— 將來定要抗金復國，收復中原。論文，他曾向國君建言獻策；論武，他曾橫刀立馬，隨義軍斬殺賊人。「事有可為，殺身不顧」，辛棄疾那愛國的熱情，救國的忠心，直到今天，仍感人肺腑、動人心弦。

我心中的英雄，帶來民族的覺醒。魯迅是我國著名的文學家、思想家和民主戰士。他的才華、文筆、視野，在中國文壇，都是首屈一指的。如果他願意，完全可以成為一個淡然瀟灑、歌唱歲月靜好的文藝青年，但是他偏不。縱觀魯迅的一生，可以說無時無刻不在戰鬥，從他力透紙背的文字中，我們讀出了文化的腐朽、人性的麻木、看客的冷漠。魯迅就像一位固執的智者，在他挑剔背後，是

對這個民族深沉的愛。他原本可以事不關己高高掛起，但他既然看到了，就不會裝聾作啞。他的冷眼背後，是一顆愛國心，因為無窮的人和事，都與他有關。

我心中的英雄，帶來人民的安寧。70 年前，中國人民志願軍將士毅然奔赴朝鮮戰場，同朝鮮人民和軍隊一道，歷經 2 年零 9 個月的浴血奮戰，建立了彪炳史冊的功勳。中國將士們英勇頑強、捨生忘死，始終保持高昂士氣，為完成祖國和人民賦予的使命，慷慨地奉獻自己。長津湖、上甘嶺……這些熟悉的山嶺河湖，承載着遙遠而清晰的英雄記憶。這份強大的力量，歷久彌堅，正融入新時代充滿活力的脈動。

英雄不是用努力鍛造的，而是用熱血澆灌的。英雄留給我們的，是氣魄、覺醒和安寧。守護、繼承英雄的精神，是一個優秀民族的長久期許。

黎佩玲　東華三院辛亥年總理中學

我迫不及待地飛奔出學校，就見到哥哥站在不遠處的烈日下。他笑着向我招手的模樣，令我不自覺將腳步放慢，讓青年與記憶中的臉龐漸漸重合……

從小起，哥哥就處處讓着我，無論我提出甚麼要求都會滿臉笑意的答應。而在我每年的生日中，哥哥的禮物都不會缺席、且讓我驚喜萬分。

那天是我七歲生日，我哥剛從學校把我接回家中，放下書包就立刻進行生日派對了，在遊戲環節過後，就是他們給我送禮物的時間了，我興奮地接過爸媽給來的禮物，分別是爸爸送的籃球、和媽

媽送的跑鞋。隨後我期待地望着哥哥，只見他從窗簾後抱出一盒巨大的箱子，就已經激起了我驚喜的尖叫，這不正是我想要了好久的模型嗎？我激動地衝過去抱他，同時隨口問他是怎麼買的，這才從爸媽口中得知哥哥從半年前就已經開始攢錢，趕在今天之前買下模型。

他們的話讓我感動得熱淚盈眶，哥哥的形象在我腦海中再次高大起來。沒想到他會為了我的生日禮物買下這麼貴重的模型！在哥哥之後的生日裏，我也要買最好的禮物送給他！這時一雙手在我背上拍了兩下，我抬頭往上看，是哥哥心滿意足的笑容。

時間隨着我的成長流逝，可不變的是哥哥依然陪伴在我身邊，和在每年生日時給予的祝福。

今早的中文課上，老師給出的作文題目是「平凡的英雄」，我頓時文思泉湧。對於我來說，哥哥就是守護我童年的英雄，他給予我陪伴和快樂，不讓我留下一絲遺憾，是屬於我的英雄。

回憶過後，我已經站在哥哥身旁，並肩走在樹蔭下，向回家的道路行去。

阮騏駿　廠商會蔡章閣中學

在我心目中，英雄不局限於那些身穿斗篷、戰鬥力超羣的人。英雄是一種精神，是對道德和正義的信仰，是勇敢追求真理和為了他人利益而奉獻的人。

在我心中，一個真正的英雄應該具備以下品質：勇氣、毅力、正直和同情心。這個英雄，並不需要超凡脫俗，他可以是我們身邊普通的人。

　　首先，英雄應該擁有勇氣。他們在面對困難和危險時能夠毫不猶豫地迎上前去。無論是面對自然災害還是社會弊端，他們都會挺身而出，並且為了保護別人甚至冒生命危險。例如，在地震發生時，消防員冒着坍塌的樓房和烈火去救援被困的人們；警察奮勇一躍，緊急封鎖到來車輛保證大家安全。

　　其次，英雄需要具備毅力。他們不會因為遭遇失敗或困境而退縮。即使面對巨大的挑戰和壓力，他們也能夠始終堅持下去，不斷努力。毅力讓他們在困境中找到解決問題的方法，為達成目標而奮鬥。比如，科學家們為了探索未知的領域，經常需要付出數年，甚至更長時間的研究和實驗。

　　第三，英雄需要有正直的品質。他們不會被功利、欺詐或存心妥協所動搖。他們用正確的做事態度面對生活和工作，堅守自己的原則和價值觀，並且將這種正直傳遞給其他人。

　　最後，英雄應該具備同情心。他們關心他人，願意伸出援手幫助那些需要幫助的人。他們願意為了別人付出自己的一切，並樂於見到別人得到幸福與快樂。

　　在成為一個真正的英雄之前，每個人都有機會成為英雄。只要我們堅持追求道德和正義，並且勇敢地行動起來，在新時代中無論在甚麼領域做出積極改變就是一個英雄。

　　總而言之，在我心目中，英雄具有勇氣、毅力、正直和同情心等優秀品質。無論他們是誰，無論他們做甚麼，只要他們為了正義而奉獻並且給予幫助，他們就是我的英雄。在我們每一個人的生活中都可以發現這樣的英雄，在心靈中感悟到他們偉大的存在。這個世界需要的不僅僅是超級英雄，更需要平凡生活中的偉大。

黃文迪　元朗商會中學

　　我心中的英雄不只一個，而是一輩用自己的青春保衛國家的——中國人民解放軍。

　　在香港人的印象中，解放軍就是在某些日子開放軍營，並為市民介紹裝備，平時不需要執勤。但早在抗日戰爭，解放軍的前身八路軍在各類槍炮、馬匹等裝備比侵華日軍少得多的情況下，戰勝了東北抗聯、狼牙山五壯士、百團大戰、夜襲陽明堡等數不盡的戰鬥，最後打敗了侵略者，使日軍無條件投降。

　　日軍投降後，國民黨與共產黨的矛盾日益嚴重，雙方談判決裂，內戰全面爆發。國軍三十萬兵力試圖圍殲中原部隊，中原部隊兵分兩路突圍，最終突破國民黨的重重包圍，史稱「中原突圍」。共產黨軍隊在兵力相差三百萬，控制地區比國軍少，實力懸殊的時候，靠着小米加半自動步槍取得勝利，解放了全中國，國民黨退往台灣。

　　1927 年成立的中國人民解放軍在韓戰，越戰等戰役出兵支持其他國家，雖然兵不如敵軍強勁，但戰士們不會臨陣退縮，反而使用戰術，擊敗敵軍，在各種戰役中均取得理想的成績，期間有不少的烈士犧牲，有發揚「我為人人，人人為我」精神的雷鋒，為了保護領地主權而墜機身亡的王偉等，他們都是為了自己的祖國付出生命。

　　現代的人民解放軍朝着科技化發展，「五九六工程」的中國第一顆原子彈，第一款自主研發的「東風二號」彈道導彈，1967 年的第一顆氫彈，1970 年的第一顆人造衛星「東方紅一號」，因為當時物資缺乏，戰士們要攀山涉水，取得淡水以興建羅布泊的原子彈試驗基地，還因為糧荒，戰士只能以樹葉煮湯充飢。

　　但現在的中國邊境，一輩邊防官兵駐守在各種惡劣環境，冰

山、叢林、高原……他們無懼這樣的環境，只要有邊境界碑的地方，官兵們就會風雨不改，每天巡邏，防止犯罪分子越過邊境線。解放軍還在災害發生時，協助居民抗災及災後重建工作。在 2018 年山竹襲港時，駐港解放軍自願出動四百多人，在麥理浩徑清理塌樹和垃圾。

在和平年代，雖然人民解放軍在日常中並不常見，但在人們看不見的地方，他們默默地守護祖國，而在人民需要的時候，他們會挺身而出，保護人民的生命和財產安全。我們作為學生，我們應該學習他們無私奉獻的精神。

王美蘭　東華三院辛亥年總理中學

想必大家心中都有一位英雄吧！也許，在別人看來，所謂的英雄都有大績大業，有無窮智慧，有超能力，能拯救世界，例如：蜘蛛俠、鋼鐵俠，美國隊長，蝙蝠俠等等。但我心中的英雄雖然不能拯救地球，也沒有什麼很厲害的超能力，但她卻對我的人生有非常大的影響，那就是 —— 我的姐姐。

我一直很崇拜我的姐姐，因為她有一顆很善良的心。她很喜歡幫助別人，也很勤勞，大家都很喜歡我的姐姐。姐姐學習很好，她小學的時候曾經獲得過很多成績優異獎的獎項。只要我有不會的題目，和她一說，她便會立馬來教我。當我的父母在忙於工作的時候，她就會細心地照顧我，俗話說得好：「長姐為母。」

平時在家姐姐也會幫我的媽媽分擔一些家務。如果家里有電器壞了，我的姐姐都能一一擺平。關於電子產品的問題我的姐姐也可以解決。在我考試前姐姐經常會和我一起復習，她都會耐心地幫我

把我不會的題目，簡單化、清晰地告訴我如何解答。再把我之前做錯的錯題再復習多幾遍，因此我拿到高分的一大部分都有我姐姐的功勞。

每當我為成績不好而難過時姐姐都會想盡辦法哄我，然後告訴我錯的地方所在，幫我復習多幾次。每次經過商場的時候，她都會用她自己的零用錢給我買我喜歡的玩具，在我生日的時候更是經常給我大驚喜，但我幾乎沒怎麼給她帶過禮物。

此外，我姐姐還會利用業餘時間來練習自己的畫畫技術或技巧，賺取零花錢，分擔家裏的開支。雖然我的姐姐並不全能，但她的一舉一動在我心中，永遠是我的「英雄」。

陳柏霖　香島中學

薩岡曾神情落筆：「所有漂泊的人生都夢想着平靜、童年、杜鵑花」。個體如此，家國亦然。

神州華夏也期待着吾儕能向孫堅學習，以忠烈得到精神之火，照亮樹銀花千萬朵，亮歲月承平國葳蕤。而孫堅，你亦是我心目中的英雄。

在東漢末年，正爆發黃巾軍起義，忠於朝廷的你，帶領部隊討伐叛軍。你奮力進擊，所到之處，無人敢與你對抗。汝南郡、潁川郡的賊人被你打得倉皇敗落。這一戰，不但成功維護朝廷，更達到輝煌生涯的頂峰。

在討伐邊章、韓遂時，你察覺到董卓不懷好意，更勸說司空張溫刑斬董卓。雖提議不被接納，但這足以證明你有先見之明，有勇有謀。

另外，你亦積極穩定社會，使民生安定。就如在長沙一戰役中，你平定賊人，保護百姓，使民生安定，令原本動亂的社會穩定下來。又如在漢靈帝死後，董卓獨掌朝政，妄想廢帝自立。在京城橫行霸道，殘暴生靈，使百姓民不聊生。你為此伸張正義，起兵參戰。你用計謀將卓軍打敗，更殺了卓軍都督華雄等人，使百姓免遭受董卓的蹂躪，保護百姓。在你進軍到京城洛陽之後，更修繕各處鈴木，填平修復被董卓所破壞的地方，使百姓的居住環境漸漸恢復，安定民生。

問人誰是英雄？古語有云：「英雄者，有凌雲壯志，氣吞山河之勢，腹納九州之量，包藏四海之胸襟！肩抗正義，救黎民於水火，解百姓於倒懸。」而你平定賊人，修復京城，積極護國，安定社會，有勇有謀，無不是英雄的本質，英雄的形象。國家的穩定，百姓的安定，都因你而有，這也是我敬佩你 —— 我心中英雄的原因。

春雨將歇，朝云暖靄，不啻微芒，造炬成陽，逐光而行。惟此我心中的英雄和忠貞壯烈之精神千萬祀，與天壤而同久，共三光而永光！

陳嘉琪　香島中學

滄海橫流，方顯英雄本色；青山屹立，不墜凌雲之志。壯志在新歲月更迭，代代英雄築起萬里長征路，平凡的人吶，不平凡的心也一次又一次的被刻在歷史的長河中。 —— 題記

時代造就英雄，偉大來自平凡。歷史長河中從不缺少英雄。他們是一輩始終把國家民族的利益放在首位，個人榮譽得失放在其次的人；他們是一輩甘於平凡與寂寞，數十年如一日，堅守在自己工

作崗位上的人；他們是一羣捨小家顧大家，危難時挺身而出，不怕犧牲，衝鋒在最前的人。

2020 年 4 月以來，有關外軍嚴重違反兩國協定協議，蓄意挑起事端。2020 年 6 月，外軍再次公然違背與我方的協定，越線挑釁，並暴力攻擊前去談判的團長祁發寶和我方幾名官兵，蓄意製造了加勒萬河谷衝突。寧灑熱血，不失寸土！在忍無可忍的情況下，邊防官兵對暴力行徑予以堅決回擊，陳祥榕作為盾牌手戰斗在最前面，毫不畏懼、英勇戰鬥，直至壯烈犧牲。

雪山迴盪英雄氣，風雪邊關寫忠誠。戰鬥結束清理戰場時，有人發現一名戰士緊緊趴在營長身上，保持着護住營長的姿勢。這名戰士，正是陳祥榕，他的生命永遠定格在羣山聳立的加勒萬河谷。去留肝膽兩崑崙。「清澈的愛，只為中國。」作為一名邊防戰士，他已將「國之大者」化為實際行動，在生死瞬變的戰場上挺在前面，用鋼鐵的意志和堅韌的脊梁擔起了守衛邊疆的重任，他不負於人民，不負於祖國。就像翱翔在崑崙山巔的雄鷹，指引着我們堅定團結起來摧毀外軍的狼子野心；你就像穿梭在崑崙山間的凜冽之風，攜手我們奏響反攻的號角。

他與浩蕩人流相背，與萬家燈火相阻隔，總有一些人，或戍守邊疆，或奮戰前線，他們堅守在自己的工作崗位上，不辭風雪，只為了大家的團圓。逆行的身影、堅定的守護，他們便是民族的脊梁。他不僅是我心中的英雄，也是人民心中的英雄。惟願山河無恙，英雄長眠。

盧奕璇　香島中學

　　在清涼的夜裏，於書房踟躕，指尖任意於成排書架間遊走，掠過那萬千世界，終於停留在一本泛黃的綫裝書之上。我按耐住心中的蠢蠢欲動，將書取出，書封那《明妃·昭君》四字是那麼明亮。昭君——那個風華絕代，勇敢堅毅的女子，似在這一刻，隨着絲絲清風，跨越漫漫歷史長河，來到我的身旁。她——是我心中的英雄，更是民族的英雄。

　　「莫把欄杆頻倚，一望幾重煙水刀。」

　　昭君，如此凜冽的女子，為何也會頻倚樓邊，愁似江水？殊不知，她怨。她怨入宮數載，卻不得見禦；她怨那貪圖小利的畫師；怨那深宮帶來的徹骨寒涼。深宮就如一道無盡的枷鎖，把她牢牢拷住，使她無法掙脫。那悲怨，恨怨，寂怨也被無形的枷鎖，長久地鎖在昭君的心頭，無法化解。

　　「明妃初出漢宮時，淚濕春風鬢腳重。」

　　那一夜，昭君一夜無眠。與匈奴和親的消息，就像春日裏的一道驚雷，把沉如死寂的後宮炸開了鍋。眾人聞之，皆躲閃不及；眾人皆知，遠嫁異族路途艱險；眾人皆慌，客死異鄉淚滴無憐。可昭君，如此凜冽的女子，着一襲素衣卻迎難而上，笑意清淺，一如當年明麗……

　　雖遠嫁路途凶險，可她不後悔，就算再選一次，她也會這樣選擇。因為她深知若能以一人之「犧牲」，喚回戍邊喋血奮戰的將士；若能以一人的才華，換回更多中原的「阡陌交通，雞犬相聞」，那讓她來當這「一人」，又有何妨？

　　昭君，如此凜冽的女子，為何淚光閃閃？只身遠嫁，舉目無親，無論是誰，也會思念故鄉。一聲弦起，清籟，繞轎旋，聲如婉

轉鳥鳴，話盡，卻化不盡昭君心中的幽思愁怨。昭君願意犧牲自身的青春及長遠幸福，落入化不盡的憂思愁怨，換取匈奴人的安寧和健康。呼韓邪單于因昭君，而結束了匈奴多年的侵略，傳授漢人典章制度，築起了漢匈兩族的橋梁，促進了兩方良好的交流。犧牲小我，成就大我，難道不是英雄的本質嗎？

青冢一方屹立，昭君精神永傳。

匈奴沒有文字，卻可做到代代皆口口相傳，不斷歌頌着這位民族英雄 —— 王昭君。雖然昭君永遠離開了我們，但她寧折不屈，勇毅前行的精神卻永遠留在我們心中。

中學組作文選

開心香港

李旭朗　文理書院（九龍）

　　香港，這個美麗的城市總是讓人心生愉悅和開心。它融匯了東西文化，擁有繁華的都市景觀和壯麗的自然風光。然而，開心香港不僅僅是因為它的美景和繁榮，更是因為這裏充滿了熱情、活力和多元化。

　　香港的人民是開心的關鍵。香港人以他們的熱情和友好聞名。無論你身處繁忙的市中心還是寧靜的郊區，人們總是願意提供幫助和分享快樂。他們的笑容和開朗的態度為這座城市增添了一份特殊的魅力。香港的多元文化使其成為一個開放和包容的社會。這裏匯聚了來自世界各地的不同種族和文化，每個人都可以在這裏找到自己的歸屬感。

　　此外，香港的節日和慶典活動也是帶給人們歡樂和開心的重要元素。例如，農曆新年是一個熱鬧而喜慶的節日，人們會舉行花市、花車巡遊和舞龍舞獅等活動，共度這個重要的傳統節日。而夜間維港煙花匯演則是每年都吸引着數以萬計的人們來到維多利亞港畔，欣賞綺麗的煙花表演，共同歡慶這一難忘時刻。

　　香港還擁有許多令人愉悅的娛樂場所和活動。迪士尼樂園是一個家喻戶曉的旅遊景點，無論是孩子還是成人，都能在這裏找到屬於自己的快樂。香港的海灘和郊野公園提供了豐富的戶外活動機會，如野餐、遠足和衝浪等。這些地方讓人們能夠暫時遠離繁忙的城市生活，沉浸在自然環境中，享受寧靜和放鬆。

　　作為一個國際金融中心，許多跨國企業被吸引來港，香港的經濟繁榮和商業氛圍使人們感到開心。這裏的商業環境活躍且競爭激烈，激勵着人們追求創新和成功。在這個城市裏，人們有機會實現自己的夢想和目標，這種激情和進取心為他們帶來了成就感和快樂。

開心香港不僅僅是一個地理位置，更是一種心態和生活態度。它代表着對生活的熱愛、對多元文化的接納和對追求幸福的決心。在這個城市裏，人們追求着自己的夢想，享受着豐富多彩的生活。無論是在繁忙的都市中心還是在寧靜的自然環境中，他們都能找到屬於自己的快樂。

在我心中，香港是一個開心和充滿活力的地方。它擁有獨特的文化和風景，讓人們感到愉悅和興奮。我相信開心香港的精神將繼續激勵着這座城市的人們，並為他們帶來更多的幸福和成功。

蘇浚鍵　廠商會蔡章閣中學

香港，一個美麗的城市，充滿了活力和樂趣。它以其繁榮的經濟、多元的文化和美食聞名於世。然而，近年來，香港也面臨了一些挑戰，這使得市民的心情變得復雜。儘管如此，香港市民一直努力保持着開朗和正向的心態，並積極尋找快樂的源泉。

首先，香港市民知道努力工作追求成就是實現開心生活的重要因素。香港是一個經濟繁榮的地方，是享譽盛名的國際金融中心，吸引許多跨國企業在此營商。許多人願意付出更多的努力，以實現他們的人生目標。這種積極向上的態度幫助他們保持開心和滿足，因為他們知道他們正在為自己和家人營造一個更好的未來。

其次，香港市民的生活融入了中西文化和傳統，這也給他們帶來了快樂。香港是一個多元文化城市，人們可以體驗到不同地方的藝術、音樂、舞蹈和美食。他們可以在街頭巷尾感受到各種多元文化的韻味，這為他們帶來了無盡的樂趣和驚喜。同時，香港的傳統節日也是人們開心的來源。例如，農曆新年時，人們會舉行花市和

龍舟競賽，這些活動讓人們感到快樂並增加了社區的凝聚力。

此外，適應變化和繼續學習也是香港市民保持開心的重要因素。香港是一個不斷變化的城市，特別是在科技和創新方面。人們知道只有不斷學習和進步才能跟上這個時代的步伐。他們參加各種培訓課程、講座和工作坊，以提升自己的技能和知識。這種學習的機會讓他們感到開心和自豪，並且有助於他們在職業生涯中取得更大的成就。

最後，香港市民注重家庭和人際關係，這是他們快樂的基石。在這個快節奏的城市中，人們總會抽出時間和家人、朋友聚在一起。他們共進晚餐、遠足、旅行或者只是簡單地聚在一起交談。這種親密的關係讓他們感到快樂和支持，並且在困難時期提供了寶貴的安慰。

在香港，開心不是一種奢侈品，而是人們視為追求的價值。無論面對甚麼樣的困難，香港市民總是能夠憑藉着努力工作、融入文化、適應變化並重視人際關係來保持開心。他們以自己的積極態度啟發他人，並為這座城市注入了無盡的活力和快樂。因此，香港依然是一個開心的地方。

鄧雅文　香港教育工作者聯會黃楚標中學

香港，這個充滿活力和魅力的城市，總是能夠讓我感到開心。無論是香港的美食、購物還是文化底蘊，都給我帶來了無盡的開心。

首先，香港的美食讓我欲罷不能。無論是傳統的廣東菜還是其他地方的特色小吃，在香港都能夠找到。漫步於香港街頭，隨處可見的小攤販和餐館，總能勾起我味蕾。去夜市，嘗嘗炒粉、煎餃和

燒臘；到茶餐廳，嘗嘗鴛鴦奶茶、鳳梨包和炒飯；再到海鮮酒樓，品嘗新鮮的海鮮⋯⋯無論是何種美食，總是讓我開心地吃個不停。

此外，香港作為國際化的購物天堂，更是讓我快樂無比。香港的購物中心眾多，百貨公司琳琅滿目，各種品牌的精品都能在這裏找到。在購物的過程中，不僅可以滿足自己的購物欲望，還能體驗到香港的繁華和時尚。無論是購買名牌、潮流服飾，還是尋找特色小商品，香港都能滿足我對美好生活的嚮往，讓我充滿開心和滿足感。

除了美食和購物，香港的文化底蘊也讓我感到開心。這座城市融合了東西方的文化元素，既有傳統的廟宇和古老的建築，也有現代化的藝術展覽和文化活動。在香港，我可以參觀各種博物館，瞭解香港的歷史和文化；還可以欣賞音樂會、話劇和藝術展覽，感受藝術的魅力。這些文化體驗都讓我感到開心和充實，讓我對香港的獨特魅力有了更深的認識和瞭解。

總而言之，香港是一個令我感到開心的地方。無論是美食、購物還是文化，香港都能帶給我無盡的開心和滿足感。每一次來到香港，都會讓我充滿活力地探索這個城市的美麗，讓我對生活充滿希望和激情。我相信，在未來的日子裏，我會一直保持對香港的鍾愛，繼續體驗這座城市帶給我的種種快樂。

林立銘　天主教培聖中學

我是一位新移民中學生，來到這個美麗的城市 —— 香港，開始了全新的生活。起初，我對這個陌生的地方充滿了好奇和期待，但同時也感到一絲擔心和不安。然而，隨着時間的推移，我漸漸發現，

香港是一個讓我感到開心和快樂的地方。

首先，香港是一個多元文化的城市，這裏有來自不同國家和地區的人們。這種多樣性使我能夠接觸到各種不同的文化和觀念。我在學校遇到了來自不同國家的同學，我們一起學習、交流，互相了解彼此的背景和價值觀。這種文化交融讓我更加開放和寬容，擁有更廣闊的視野。

其次，香港是一個繁華而便利的城市。這裏有現代化的交通系統、豐富多樣的商業購物中心和各種娛樂設施。我可以輕鬆地乘坐地鐵或巴士到達目的地，享受便捷的交通服務。在週末，我可以和朋友們一起去購物中心逛街、看電影，或者到公園野餐和運動。這裏的生活便利讓我感到舒適和愉快。

此外，香港擁有令人驚嘆的自然景觀。儘管這是一個繁忙的城市，但仍然有很多美麗的公園和自然保護區。我可以到海灘散步，欣賞大自然的壯麗景色；我可以到山上遠足，呼吸清新的空氣。這些寶貴的綠地讓我可以暫時遠離城市的喧囂，享受寧靜和祥和。

除了這些外在的條件，香港還給予我很多學習和成長的機會。這裏的學校提供優質的教育資源和多元化的課程，讓我可以全面發展自己的才能和興趣。老師們對我們的教育非常關心和細心，他們鼓勵我們積極參與課堂活動和社交活動，培養我們的領導能力和團隊合作精神。在這個充滿激情和競爭的學習環境中，我獲得了豐富的知識和寶貴的經驗。

在香港，我還收穫了許多真摯的友誼。無論是在學校還是社區，我遇到了很多熱心和友善的人們。他們願意幫助我解決問題，分享自己的經驗和知識。我與他們一起度過歡樂的時光，一起參加各種活動和社交聚會。這些友誼使我感到溫暖和被接納，讓我在這個城市找到了家的感覺。

總的來說，作為一位新移民中學生，我對香港的生活感到非常

開心和快樂。這個城市的多元文化、便利的生活條件、美麗的自然景觀以及豐富的學習和社交機會，都讓我能夠充分展示自己的潛力和實現自己的夢想。我感謝這個城市給予我的一切，並希望能夠繼續在這裏享受快樂的生活。

呂雪怡　樂善堂余近卿中學

香港是我的家鄉，這個充滿活力和魅力的城市一直都讓我感到開心和自豪。無論是它獨特的文化，還是人民的熱情和奮鬥精神，都讓我深深地愛上了這片土地。

首先，香港擁有豐富多元的文化。作為一個國際大都市，香港吸引了來自世界各地的人們，他們帶來了各種不同的文化和傳統。在這裏，我們可以品嚐到各種美食，感受到不同的宗教和節日。無論是中西合璧的建築風格，還是多元化的藝術表演，都展現了香港文化的多樣性和包容性。這種文化的融合和交流，讓我感到無比開心，也讓香港成為一個獨特而美麗的城市。

其次，香港人民的熱情和奮鬥精神讓我深深地敬佩。在這個繁忙的城市中，人們總是充滿活力地工作和生活。無論是在商業領域，還是在藝術和創新領域，香港人都展現出了極高的才華和創造力。他們勇於追求夢想，敢於面對挑戰，不斷提升自己。在這裏，我看到了許多勵志的故事，看到了許多普通人因為自己的努力而取得了不凡的成就。這種奮鬥精神激勵着我，讓我相信只要努力，就能夠實現自己的目標和理想。

最後，香港的美麗景色和豐富的娛樂活動也讓我感到開心。香港有着美麗的海灘、絢麗的夜景和壯觀的山脈，每個角落都蘊藏着

驚喜和探索的機會。我喜歡在週末和家人一起去郊外遠足，感受大自然的美麗和寧靜。此外，香港還有豐富多樣的娛樂活動，無論是購物、觀光還是參加各種文化活動，都能夠讓我快樂地度過每一天。

總而言之，香港是一個令人開心的地方。它獨特的文化、人民的奮鬥精神、美麗的景色和豐富的娛樂活動，都讓我深深地愛上了這座城市。我為能夠生活在這個充滿活力和魅力的地方感到驕傲和幸福。我願意努力學習和成長，為香港的繁榮和發展作出貢獻，讓更多人能夠感受到香港的魅力。

毛曉惠　樂善堂余近卿中學

香港 —— 一個國際大都會，繁華與喧囂並存，有着人間的煙火。

香港也是一座文化底蘊深厚的都市，中西文化相互融合，促進了世界各地的文化交流。也正因為如此，讓我們對這個世界有更深的認識。

在香港生活了九年的我，早已適應了屬於香港的生活節奏。走在香港繁華城區的街道上，人們行色匆匆，匆匆忙忙地走過腳下的每一步路，吵鬧的街道又顯得那麼冷清。在這裏，有人為了生活奔波勞碌；有人為了學業奮鬥不息。一眼望去，是一羣行走匆忙的路人，是只有過馬路時才會抬頭的「低頭族」。

或許慢下腳步來，走在舊區的道路上，會看到不一樣的風景，有着不同的感觸。

舊區與繁華地段有着截然不同的生活氣息，走進一家茶餐廳，吃着港式下午茶，別有一番風味。或許這裏沒有所謂的高品質生

活，但所有人都在享受當下的一切。充滿人間煙火的舊區把香港的另一面展現了出來，為香港添加了一份色彩。

太陽每天照常升起，站在山頭，看着那遙遠的太陽慢慢露出頭來，嶄新的一天開始了；還是站在山頭，還是那個太陽，看着它慢慢地落下帷幕，結束了忙碌的一天。日月交替，那玉盤散發着淡淡的光，它不像太陽一般耀眼，卻把這香港襯托得頗有氛圍。

到了夜晚，柔和月色和星星的點綴讓香港的夜景格外耀眼奪目。站在維多利亞港旁，看着那一望無際的大海，聳立在對岸的高樓大廈，那炫目多彩的燈光秀，香港的美在此刻被無限放大。

坐在摩天輪上，俯視着維多利亞港，香港的美景盡收眼底。波光粼粼的海面，富有標誌性的建築，熙熙攘攘的人羣，一切都是那麼的平靜而美好。

開心為情，香港為名。「開心香港」不只是一片土地，更是一個讓我們擁有着深厚感情的地方。

劉子涵　寶安商會王少清中學

一片塗着金色夕陽的車窗外，是繁華的香港都市景致。鮮艷的霓虹燈，高聳入雲的摩天大樓，人來人往的街頭巷尾，都展現了這個地方的繁榮與活力。這就是我所見到的「開心香港」，一個充滿活力、繁榮、夢想和希望的城市。

來到香港，不能不提的就是它繁華的夜晚。漫步在維多利亞港的夜晚，看着對岸的燈光如繁星一直閃爍，心底會湧起一種開闊的感覺。繁星似夢，彷彿告訴人們這裏就是夢想的起點，只要有夢想和毅力，都能在這地方實現。此刻，這個城市映入眼簾的景象便是

最真實的「開心香港」。

再來談談香港的美食。點心、奶茶、菠蘿包，隨處可見的美食小店，總能讓人垂涎三尺。一邊品嚐各式各樣的美食，一邊欣賞着這個城市豐富的文化風貌。每一道菜品都充斥着香港人的匠心獨運，經典的味道像是講述着香港的故事，令人回味無窮。

另外，各種節慶活動也是不可或缺的一部分。無論是熱烈的龍舟賽、精彩的花車巡遊，還是繽紛的新年烟花匯演，都讓這個城市充滿色彩和活力。在香港，無論你走到哪裏，都能夠感受到人們的溫暖和真摯。他們樂於助人，熱烈的態度使你感覺就像在自己的家鄉一樣。香港市民的好客與友善，甚至是享受生活態度，都可以讓從其他地方過來的人快速地融入香港多元化的文化當中。這些都是「開心香港」的縮影。

從繁華的市中心到寧靜的郊外，從璀璨的夜景到美味和有特色的美食，從熱鬧的節日到和諧共存的多元文化，全部聚集在這個城市裏，構成了一副活力四射、夢想熱烈的畫卷。這裏的每一個角落都充滿故事，每一個人都有自己的夢想和堅忍的拼搏精神。來到這個城市，你可以感受到那種衝擊你心靈的力量，那種能夠驅使你奮發向前的力量，這就是「開心香港」！

香港是一個容易讓人愛上的地方，繁華的都市、迷人的景色、那些忙碌但不忘微笑的香港人，都令我深深地愛上這個地方。這就是我心中的「開心香港」，一個繁華、活力、夢幻、希望交織的地方，相信你能感受到香港開心的節奏和香港人的真摯情感。

張嘉寶　余振強紀念中學

　　香港是一個充滿活力和魅力的城市，在東方的璀璨之地綻放着光彩。這裏結合了東西方的文化和風情，這是因為歷史上的殖民統治和不同民族的移民，使香港人民的文化身份和觀念也具有多樣性，彷彿還擁有一個獨特的魔力。

　　香港的歷史可以追溯到幾個世紀前，它在 19 世紀成為了英國的殖民地。在 1997 年回歸中國，香港從寧靜的海灣到重要的港口城市，從被他人綁架到重獲自由，從繁華的市區到高樓大廈的聳立，展現出多樣的風貌和面貌。

　　而在香港，最不能錯過的便是「香港的美食」。無論是街頭小吃還是高級餐廳，無論是精緻的點心還是香辣的火鍋，每一口都令人陶醉其中，不願回神。香港更是被譽為「美食天堂」，它擁有各種各樣的美食選擇，包括中式、日式、韓式等。

　　香港除了美食，還有充滿活力的舞台。例如：一、獨特的戲曲文化，最著名的便是粵劇。粵劇是一種傳統的戲曲形式，它結合了歌唱、舞蹈和表演，通常以粵語演唱歷史故事和傳統傳說。二、獨特並創新的風格電影。三、涵蓋各種音樂類型。戲曲、電影都在這裏盛行，從優美旋律到搖滾的激情，每一個音符都融入了香港的靈魂。

　　無論是夜晚的繁華還是日間的寧靜，香港都散發着一種特別的魅力。開心香港，我們一同歡呼和祝福，願這個城市永遠充滿愛和幸福。

周海楠　佛教沈香林紀念中學

香港，這個繁榮而美麗的城市，充滿了歡聲笑語和人們的笑容。在這裏，人們以齊樂融融的態度共同追求幸福和快樂。

首先，香港是一個多元文化的交匯地。不同的民族、宗教和文化在這裏相互融合，創造出一個獨特而豐富的文化氛圍。無論是傳統的廟會活動，還是國際化的演藝表演，都能讓人們感受到多樣性帶來的喜悅。在這個開放的社會中，人們可以尊重和包容彼此的差異，共同享受美好的時刻。

其次，香港以其豐富的娛樂和休閒活動而著名。家庭聚會、朋友聚會、節日慶祝等各種活動舉辦頻繁，為人們提供了很多快樂和放鬆的機會。無論是到公園遊玩、到海邊散步，還是參加各種體育賽事和文化活動，都能讓人們享受到生活的樂趣。在這裏，人們可以盡情放鬆身心，與家人和朋友一起創造美好的回憶。

此外，香港也是一個購物天堂。從高檔奢侈品到時尚潮流的服飾，從傳統手工藝品到現代科技產品，無論你的喜好和預算如何，都能找到適合自己的購物場所。購物中心、街頭小店和夜市攤位上琳琅滿目的商品，讓人們可以盡情挑選和購買自己心儀的物品。在購物的過程中，人們不僅能滿足自己的物質需求，還能感受到購物帶來的愉悅和滿足感。

總而言之，開心香港是一個齊樂融融的地方。在這裏，人們共同追求幸福和快樂，尊重和包容彼此的差異。無論是文化活動、娛樂休閒還是購物體驗，香港都能給人們帶來無盡的歡愉和滿足。讓我們珍惜這個美好的地方，並以齊樂融融的姿態共同創造一個更加幸福和繁榮的香港。

王俊尤　天水圍香島中學

香港，這個充滿活力和魅力的城市，一直以來都是我最喜愛的地方。它擁有繁忙的街道、現代化的建築和美麗的自然景觀，但最重要的是，它是一個充滿開心和希望的地方。

首先，香港的人民是這個城市最大的財富。他們熱情友善，充滿活力。無論是在繁忙的市中心還是在寧靜的公園，你總能感受到香港人民的熱情和友好。他們樂於助人，願意與人分享他們的文化和經驗。在香港，你永遠不會感到孤單，因為這裏有許多人願意給予你幫助和支持。

其次，香港是一個多元文化的城市。這裏融合了中國和西方文化的精髓，形成了獨特而豐富的文化風貌。在香港，你可以品嚐到來自世界各地的美食，欣賞到各類藝術表演，還可以參與到豐富多彩的節日慶典中。這種文化融合不僅豐富了香港的文化內涵，也讓人們更加開放和包容。無論你來自哪個國家，你都可以在香港找到屬於自己的一席之地。

香港還擁有一個繁榮的經濟，這使得這個城市充滿了無限的機會。作為一個國際金融中心，香港吸引了來自世界各地的企業和投資者。這為年輕人提供了廣闊的發展空間和就業機會。無論你是想從事金融行業、藝術設計還是科技創新，香港都能給你提供一個實現夢想的舞台。

同時，香港也是一個安全和穩定的城市。它擁有一套健全的法律體系和高效的執法機構，保障了市民的生命財產安全。這種安全感讓人們可以安心地生活和工作，在這裏追求自己的夢想。

最後，香港的自然景觀令人嘆為觀止。無論是壯麗的維多利亞港夜景，還是青山綠水的郊區，都讓人心曠神怡。在這個繁忙的城

市中，你總能找到一處寧靜的角落，與大自然融為一體。

　　總的來說，香港是一個開心的地方。它擁有友好熱情的人民、豐富多彩的文化、繁榮的經濟和美麗的自然景觀。在這裏，你可以追尋開心、快樂和幸福。香港的開心氛圍在每個人的生活中都能感受到。無論是在熱鬧的夜市中，品嚐美食、感受繁華，還是在寧靜的公園中，與親朋好友共度美好時光，香港人總是懂得享受生活中的每一刻。他們熱愛藝術和文化，經常參加音樂會、展覽和戲劇演出。逛街購物也是香港人最喜歡的休閒活動之一，無論是在大型購物中心還是小巷弄堂，你總能找到令人心動的物品。

如果我是……

如果我是一本書

林徽音　寶血會思源學校

　　如果我是一本書，我會讓我自己躺在書展裏嗎？答案：是會的！書展非常的大，我會將自己的知識交給看書的那個人。如果我是一本書，我會讓自己擁有美麗的圖畫，讓別人喜歡上我，我也會同時擁有巧妙的文字，以擴大知識，就比如我想躺在「我們一起悅讀的日子」的那個書展，那裏有非常多類別的書，讓人眼花繚亂，下次我一定還會再去一次。如果我是一本書，我會教導看書的那個人要做一個善良聰明，還要愛看書的人。如果我是一本書，我會和別的書本一樣，躺在書展裏等待着人們來看。

　　如果我是一本書，我還要躺在圖書館裏，這樣人們就不用花錢買，就可以看到自己喜歡的書。雖然借回來的圖書不能不斷地續借，但是還是能學到知識的。如果我是一本書，我會希望小朋友們都喜歡書和愛學習，把我的所有知識都告訴他們，別再看電子產品了，多看書吧，多去圖書館，多去書展！你會發現那裏其實非常的棒！看書比看電子產品好多了，有漫畫，有小說，有圖畫書⋯⋯多看書本，讓你知識增多吧！

　　如果我是一本書，我的文字和知識會像清流一樣，流進你的腦中，讓你永遠記得那股清涼。等你有需要使用那些知識的時候，再被激發出來。比如在你寫作文的時候可以用到我的知識，還可以在上大學時或工作時用到我的知識。知識多偉大呀！

　　看，我們在那麼多地方需要讀書和看書，為自己而讀書，為父母而讀書，為自己的國家而讀書！

如果我是小學校長

林栩樂　聖公會奉基小學

如果你可以變成另一個人，你希望變成誰？億萬富翁？特首？科學家？明星？如果你問我，我希望變成一位小學校長。

如果我是一位小學校長，我會增加小息的次數，並在每一個課室設置一套 VR 裝置。這樣可以讓同學在短短的時間內到其他的地方旅行。我會把小息一天兩次，增加至每天四次，並把時間由 15 分鐘延長至 20 分鐘，讓同學可以有更多時間盡情放鬆。至於 VR 設備方面，有的可以帶領同學到加拿大觀看氣勢磅礡的尼亞加拉大瀑布，有的帶領同學到世上最著名的主題公園，坐每小時 150 公里的過山車，有的帶領他們深入神秘而原始的亞馬遜河流域，探索杳無人煙的熱帶雨林。那麼，同學就可以在小息中盡情享受，環遊世界，增廣見聞。

如果我是一位小學校長，我就會讓同學在導修課帶自己心愛的玩具回校，與同學分享。因為同學整天要上八節課，實在是太累了吧，如果讓他們帶自己的玩具，便會讓他們期待導修課，令他們整天充滿活力。加上老師可以跟同學一起分享玩具，促進師生感情，這不是很好嗎？

如果我是一位校長，我還是有無窮的想法，不過我覺得最重要的是問同學的想法，然後盡力為他們實現，那麼，上學就會變成世界上最快樂的事了！

如果我是垃圾

許俊朗　台山商會學校

　　如果我是垃圾，我會告訴大家關於我自己的故事。垃圾是一個我們經常聽到的詞，但你知道嗎？垃圾也有自己的一番心情和故事。

　　首先，讓我們來講講我的起源。我可能是由人們平時使用的各種物品組成的，比如食物包裝紙，空的飲料瓶，或者是不再需要的玩具等等。當人們用完這些物品後，他們就會把我們扔進垃圾桶，我們就成了垃圾。

　　當我們成為垃圾後，接下來的旅程就開始了。有些人把我們放在了垃圾袋裏，然後送到了垃圾場。在垃圾場，有很多和我一樣的垃圾，我們被堆積在一起。有時候，我們會和其他垃圾一起被壓碎，變成更小的碎片。這樣可以節省空間，但也讓我們變得更難辨認。

　　然而，我們並不是一直在垃圾場度過的。有些垃圾會被回收再利用。這是一個很重要的過程，因為通過回收利用，我們可以變成新的物品，再次被人們使用。比如，塑料瓶可以被回收再生產成膠水瓶，紙張可以被回收再生產成筆記本等等。這樣，我們就可以有機會再次發揮作用，幫助人們。

　　但是，不是所有的垃圾都能被回收再利用。有些垃圾是無法分解的，比如塑料袋和一些電子垃圾。這些垃圾對環境造成了很大的傷害。塑料垃圾會堆積在土地和海洋中，對動物和生態系統造成污染和危害。電子垃圾中的有害物質也會對土壤和水源造成污染。這些都是我們作為垃圾所帶來的負面影響。

　　所以仍為垃圾，我希望大家能意識到垃圾的問題，並且採取行動。我們應該學會減少使用一次性物品，優先使用可回收物品。我

們應該妥善分類垃圾，將可回收的物品放入回收桶，讓它們有機會再生產。同時，我們應該注意垃圾的適當處理，不亂扔垃圾，保持環境的整潔。

我希望人們能夠一起努力，保護我們的地球。讓我們一起行動，減少垃圾的產生，回收再利用，共同創造一個更美好的環境。垃圾也可以有價值，只要我將垃圾的資源合理利用，我們就能改變它的命運，為環境和社會做出貢獻。

讓我們一起保護地球，讓垃圾不再只是垃圾，而是一個能夠為未來帶來希望的資源！

如果我是一本書

陸詩彤　台山商會學校

如果我是一本書，我會有無數的故事和知識等待着人們去發掘。書是人類智慧的結晶，也是人們學習和娛樂的良師益友。

首先，讓我們來談談我的外表。作為一本書，我會有一個色彩繽紛的封面，印有精美的插圖及標題。打開我的頁面，你會看到一個個有趣的故事或者知識豐富的內容。無論是童話故事、科學知識還是冒險故事，我都能帶給讀者不同的體驗。

書另一個目的是啟發讀者的好奇心和想像力。我希望讀者能夠進入我的世界，跟隨故事的節奏走進奇妙的冒險之旅。我也希望能夠通過知識的分享，豐富讀者的見聞，讓他們對世界充滿熱情。

當讀者打開我的書頁，我希望他們能夠沉浸在故事中。我會用生動的描述和精彩的情節吸引他們的注意力。我會讓他們與故事中

的角色一同成長，一同經歷種種挑戰和冒險。我相信，透過故事，人們可以從中獲得勇氣、智慧和價值觀的啟示。

作為書本的我也希望能夠成為讀者的朋友。我會在他們孤獨寂寞的時候陪伴他們，帶給他們歡笑和安慰。我會在他們渴望知識的時候指引他們，讓他們不斷學習和成長。我會成為他們的良師益友，給予他們無盡的啟迪和啟發。

同時，我也希望讀者能夠善待我。請不要把我丟棄或者破壞，讓我永遠保持完整和有價值。當你讀完我之後，你可以把我分享給其他人，讓更多的人受益。你也可以放回書架上，讓我陪伴你度過更多的時光。

最後，我會用我的內容和故事，為人們帶來歡樂和知識。我會成為他們的伙伴和導師，陪伴他們成長和探索。無論是小說、故事書還是知識讀物，我都能在其中找到我的使命和價值。讓我們一起享受閱讀的樂趣，探索無盡的世界吧！

如果我是媽媽的菜式

楊巧渼　秀明小學

我經常在卡通片裏，看到會有「眼耳口鼻」的食物，我也想親身感受變成像人一樣的食物呢！現在我會想像自己變成有趣又美味的食物，不過我不想好像卡通片裏的食物，我想變成媽媽給我吃的菜式。

不如我們從早餐到下午選三款菜式吧！現在就一起想像吧！如果我是一碟又香又甜的多士，我相信姐姐一定會垂涎三尺並趕快坐

下，滋味地品嘗。如果我是一碗又健康又美味可口的粥，我相信爸爸一定很喜歡，尤其是芳香鮮味的艇仔粥。最後，如果我是一碗又滑又美味的河粉，我相信媽媽很快就吃得一乾二淨。

到了下午，今次我們一起想像四款菜式吧！開始啦！如果我是麻辣豬扒米線，爸爸吃了我，一定會噴火！如果我是像太陽黃澄澄的粟米南瓜湯，弟弟一定很喜歡我。如果我是喜歡在被窩裏的番薯，婆婆一定會把我大大口地咬下去！如果我是一碗酸溜溜的蕃茄通粉，公公一定會多吃兩碗。

這麼快就到晚上了，現在要你自己想像今天晚餐的菜式啦！今天是不是很有趣呢？希望下次我可以再見面，再見了！

如果我是小雨點

雷景燊　聖公會基榮小學

地球原本是我最享受的安樂窩，但不知甚麼時候開始，他變得喜怒無常，有時候十分炎熱，有時候冰天雪地，這個夏天我又聽到此起彼落的呼叫聲，「很熱呀！」「我快要枯乾了！」聽着高溫下萬物的哀嚎，我知道是我出手的時候了！

我帶着同伴走過高山，越過大地，為炎熱的大地降溫，令枯乾的草原變得滋潤，讓地上快要枯謝的花兒變回嬌艷，水裏的魚兒又可以再次在綠波中暢泳。萬物因我和同伴的努力而重生，整個樹林又變得生意盎然了！

我雖然只是一顆小雨點，但卻因和同伴們一起努力而實現了一個大夢想，所以小朋友們也別因自己年紀小而看輕自己，雖然在

追求夢想的過程中，總會遇到大大小小的困難，但我們切勿因此放棄，這些難關其實是成功的前奏，如果我們每次遇到困難就輕易放棄，那麼成功就永遠離你而去，相反只要你向着目標努力直跑，總有一天可以到達終點。

小朋友當你氣餒失望的時候，請你抬頭看看天上的白雲，那些無邊無際的白雲不也是由一顆一顆小水點聚集而成嗎？

來吧！讓我們一起為明天努力，一起為成功歡呼吧！

如果我是畫家

王佩文　伊利沙伯中學舊生會小學分校

一幅畫是最美的，最有藝術感的，最生動形象的表達方式。我喜歡畫畫，喜歡黑白灰的素描，喜歡五顏六色的油畫，更喜歡幽默的漫畫，每種畫都有各自的特色，所以成為一個畫家是我一直嚮往的夢想。

我一定要把祖國的山山水水，一草一木，用筆畫下。先去瞻仰萬里長城的雄姿，看看那聞名天下的嘉峪關，再看看被稱為「天下第一關」的山海關，畫出被稱為五岳的泰山、華山、衡山、嵩山、恒山，那金碧輝煌的故宮，那波濤洶湧的長江，為中華民族出一份力的黃河，我要把祖國的名山大川，名勝古蹟，都裝入我的畫卷。

當然，我還可以做一回神奇的畫家，春天的鳥語花香，萬物復蘇，生機勃勃，百花盛開……這些都是我精心為它畫的油畫，還有那田野裏的油菜花，果園裏的桃花，杏花……小鳥還在那嘰嘰喳喳地對我說：「春天真美，謝謝你幫我們畫上這樣美好的風景！」冬天

和春天的差距很大，因為冬天可以堆雪人，春天卻不可以，冬天的冰花也別有一番風味，它有豐富的花紋。雪，冬天最常看見的，它看起來就像白絨絨的毛毯一樣，摸起來很是柔軟舒服，人工湖上更是結了一層厚厚的冰，我們就可以在上面嬉戲玩耍，滑冰……這三樣在冬天最重要的元素，就是我為了給單調的冬天添一抹色彩而畫上的。

假如我是畫家，那沒辦法，所有的美好，我都會把它定格，留下最好的一面，讓我獨自欣賞。

如果我是一棵樹

甄穎妍　伊利沙伯中學舊生會小學分校

在一個晴天的早上，天空碧空如洗，陽光照射着我的臉蛋，空氣瀰漫着花朵的清香、太陽的溫暖……我躺在一片青蔥的草地上，舒舒服服地看着風景，和暖的微風吹起了我的頭髮，柔柔的，我看着在我前方的樹，我就想：如果我是一棵樹會怎樣呢？

如果我是一棵住在高山上的樹，我會每天看着藍天白雲的風景，看着一羣羣鳥兒在天上振翅翱翔，看着這麼優美的風景，有時還會有一些情侶依傍在我身上談天……他們還會把自己的名字刻在我身上，寫着「我愛你」，有時還會有人在我的樹洞說心事，小松鼠們也會在我的樹洞做自己的屋子。

碰到不好的天氣，狂風暴雨來臨，人們會在家看着電視，但我就被狂風撲打着，即使很辛苦，但我也會堅持住，牢牢地抓着地下，風會吹向我頭上的樹葉，一片一片樹葉落在地上，但我深信這艱苦

的天氣很快就會過去，好天氣很快就會回來了。正如我們深愛的香港，只要勇於接受挑戰，無懼風雨，砥礪前行，很快就會雨過天晴，香港必定可以走出困局，重新出發，再見光明。

突然，有些鳥兒在旁邊歌唱，令我回到現實，我看着那棵樹，也感覺它經歷過很多東西，感覺它很偉大，我也要學習這棵大樹繼續堅持、努力，永不言敗，為香港作出貢獻，讓我們一起加油吧！

如果我是一棵樹

許洛榕　寶血會思源學校

如果我是一棵樹，我想生長在森林裏。讓小鳥在我的樹枝上面築巢，讓松鼠可以住在我溫暖的樹洞裏，睡上一個甜甜的覺。我還要跟人們說，不要把我砍倒，因為我們要為動物建立一個美好的家。

另外，我想生長在城市裏。我要努力地進行光合作用，吸收二氧化碳，並放出氧氣來吸收灰塵，讓被空氣污染的城市變得一塵不染。就算人們走到哪裏，都能呼吸到新鮮的空氣。並且，我要努力地長出茂密的樹葉，為人們遮擋強烈的陽光，讓人們不再害怕夏天。

我也想生長在海邊。我要用自己所有的力量來保護堤壩，決不能讓洪水把它摧毀。我不能讓洪水吞沒人類美好的家園，更不能再讓洪水吞沒了人們的生命。

我還想生長在公園裏，當炎熱的太陽高掛天空時，我要成為大家乘涼的涼亭，為大家遮擋陽光；當下起大雨的時候，我要成為路人的一把大傘，為大家提供一個避雨的地方。

最後，如果還可以，我想生長在一片荒地裏。我要努力地生兒育女，長出一大片森林，將蕭條的荒地變成生機勃勃的綠洲。

如果我是四季

蔡鵑蔚　香港普通話研習社科技創意小學

　　如果我是四季，而四季包括春、夏、秋、冬，我希望給人們帶來多姿多彩的一年。

　　到了 3 月，我成為了春天，我會下起春雨去滋潤大自然的每一片土地，讓整個大地一片嫩綠，花花草草生氣勃勃，人們躺在綠油油的草地上，看着蔚藍的天空，無憂無慮地呼吸着新鮮的空氣。

　　到了 6 月，我從春天轉為炎熱的夏天，我讓火球掛在高高的天空，人們揮灑着汗水，舒服地躺在沙灘上曬太陽，草地上的小黃花在烈日下怒放。去到公園，大樹小樹綠綠的，草地也是綠綠的，展現出無窮的生機。

　　到了 10 月，我又從夏天變成果實累累的秋天。清晨，人們如常地在岸上跑步、鍛煉，他們比平日看起來更精神，不再汗流浹背，只因秋風為他們抹去了汗水。黃葉慢慢地從樹上掉下來，它們被秋風吹得在空中翻飛，在地上打轉，小孩放着風箏，風箏也在秋風的吹送下，慢慢的飛到空中。

　　12 月，天氣漸漸冷了起來，成了冬天。這時還有一些黃葉掛在樹上的樹枝，也全都掉光了。掉下來的黃葉，被穿着大衣的清潔工掃走了，在街上的行人一個個穿着厚厚的衣服。地上也結起了霜。在家中的人，感受着暖爐的暖氣，吃着熱騰騰的火鍋。

　　就這樣，四季結束了，春天的風和日麗，夏天的烈日炎炎，秋天的果實累累，冬天的銀裝素裹，都在這一年給足人們多姿多彩的四季。

如果我是小鳥

梁凱琪　香港普通話研習社科技創意小學

　　我們在街上隨隨便便可以看見幾隻小鳥。但我們並不知道這些小鳥到底會做甚麼，所以我希望我成為小鳥後可以給人們更了解我的用處。

　　到了 3 月，天氣忽冷忽熱，也就是春季。這時節，在野外可以看到的是繁花盛開，一輩在南方度冬的候鳥，準備北返。牠們在冬地養好了精神，為這趟壯闊的生命之旅做出準備。在北返的路程中，我們可以看見花花草草生機勃勃，冬眠的動物開始甦醒。

　　到了 6 月，許多農作物旺盛生長的季節，也就是夏季。在生活中居住的環境總是有我們的叫聲，吱吱聲，不禁令人的腳步都輕快起來。不同種類的鳥兒與蟬鳴合奏出夏季專屬交響曲。不過在上班族眼裏，我們是一個催促他們上班的定時炸彈。

　　到了 9 月，許多植物的果實在這時候成熟，這就是秋季。每到這時候，很多過境遷徙鳥途經本港，他們大部分會在本港短時間做出逗留，然後繼續向南或向北遷徙，許多動物的繁殖季在秋季結束。候鳥通常在秋季遷移到過冬處。

　　到了 12 月，在很多地區都意味着沉寂和冷清，這就是冬季。候鳥會飛到較為溫暖的地方冬眠，樹木也主動脫光身上的皮毛。

　　就這樣，小鳥又結束了這繁忙的一年，春天的北返，夏天的吱吱聲，秋天的遷徙和冬天的冬眠，都被人們記錄下來，準備又開始繁忙的一年。

如果我是聖誕老人

張雅嵐　香港教育大學賽馬會小學

如果我是聖誕老人，我想送禮物給世界上所有乖巧小孩，我想送他們禮物的原因是因為他們乖乖地聽父母的話，用功讀書，考好成績，長大了孝順父母，所以我想送他們禮物。

如果我是聖誕老人，我想送我的外婆一台按摩椅，因為我的外婆經常腰疼。我送她是因為我們一起生活，我跟她最親近，她對我照顧周到，她經常教育我說要尊重長輩，所以我要送外婆這個禮物，聖誕節時，希望外婆收到這個心意會很開心。

如果我是聖誕老人，我想送禮物給那些辛苦工作的大人們，他們起早貪黑，努力工作就是為了他們的孩子，他們為了孩子，早上七點多就起床上班，晚上加班到凌晨，所以我想送他們禮物。

如果我是聖誕老人，我想送禮物給我的好朋友，他們跟我一起玩，一起聊天，一起上課，一起搭校車，他們跟我相處的很好，我很喜歡他們，所以我想送他們禮物。

我還想送我的老師禮物，因為他們每天都在給我們上課，改功課，管理紀律，幫我們溫習，所以我想送他們禮物。

這就是我想送禮物的人。

如果我是一杯水

吳舒喬　香港教育大學賽馬會小學

　　早上，我看到桌子上放着一杯水，於是幻想着如果我是水，會是如何呢？

　　杯中的水，自從早上被婆婆倒進了杯子後，一直都悶悶不樂，自言自語地說：「我真的受不了呀！我不想再在這個杯子裏坐着，在這樣狹窄的地方，真是一秒鐘也嫌太久了。我不要成井底之蛙，我要跳出去看看外面的世界，我要試着千變萬化的變身過程。我要滋潤大地讓繁花盛開；我要到深不見底的大海暢泳；我要飛上一望無際的天空中自由自在地飛；我要隨着風去環遊世界；我要試着跳傘的刺激快感，做自己想做的事。」

　　於是水努力地跳，但這沒有用。因為杯子太高，跳不到杯口。我吵着大叫：「我無論如何也要出去，我不要在這樣的地方！」

　　太陽伯伯聽到我大吵大鬧，不耐煩地說：「好吧，你要出去，讓我助你一把吧。」太陽升起來，水終於變成蒸氣逃出了杯子。

　　水，好像一匹野馬向天空奔去。心想：「我要變做雲，在天上飛得比飛機還要快去遊覽世界；我要變做雨，要試一下笨豬跳的快感，直落在缺少水分的土地上，讓植物得到養料；我要變做水，在大海和魚兒一起游泳；我要變做蒸氣，熨平縐縐的衣服。」

　　水變成了雲、雨、水，蒸氣……水的希望於是完全達到了。

如果我是一位喜劇演員

唐敏淇　聖公會奉基小學

　　如果我是一位喜劇演員，我希望能帶給人歡樂。當如果有些人不開心時，可以看我的喜劇，我希望那些不開心的人看完我的喜劇後，就可以放下所有的煩惱。我希望大家都可以每天都過着開心快樂的日子。人們開心時，我也感到開心，因為我那麼辛苦地拍的喜劇，目的就是要令所有的觀眾快樂，所以我常去看一些笑片，從中找一些靈感，如果在日常中能帶給身邊每個人都快樂，你說有多好呢！

　　有些時候，我會參與義務工作，跟着一些志願團體走訪一些老人院、孤兒院去探訪院友，當與他們說一些笑話，又或做一些搞笑的動作等來逗他們大笑時，這種滿足感可能是世界上最有價值的事。

　　大家終於都知道我為甚麼要成為一位喜劇演員了？正因為我希望這個世界每個人都開心快樂，世界充滿正能量。我常想，如果世界上每個人都能夠常抱着正面樂觀的態度做人，面上常掛着笑容，那世界上的紛爭不就可以減少了嗎？

　　我希望以身作則，為人帶來快樂，由今天開始，我要立志每天為身邊人帶來快樂。

如果我是差不多先生

薛培迪　香港教育大學賽馬會小學

你們知道在中國裏最著名的人物是誰嗎？就是差不多先生。如果我是他，我就不會常常做事抱着不認真的態度……

小時候，他在學堂裏，先生問他直隸省的四邊是哪一省，他答是陝西，但答案是山西。他想：陝西和山西不是差不多？可知道陝西和山西中間還隔着一條黃河嗎？我們做學問不應抱着馬虎苟且的心態，之前的科學家都是抱着認真追求事情真相的態度才能有很多新的發現，要不是這樣，恐怕牛頓連「地心吸力」也不能發現了。

有一天，他突然急病，便叫家人請汪大夫來醫他，但家人請了醫牛的王大夫。差不多先生心裏很着急，他便讓王大夫試試醫他，不到一點鐘，他差不多要死時說：「活人跟死人也差不多，只要差不多就好了，何必太認真呢？」他說完就死了。

差不多先生做事不認真，連生死時也不認真，如果我是他，就不會那麼笨。我會找其他醫生來醫我的病，問清楚醫生我的病情怎麼樣，便慢慢養好自己和做一個做事認真的人，這樣才能為社會作出貢獻。

如果我是豬媽媽

王譽竣　聖公會基榮小學

　　三隻小豬是一個家傳戶曉的童話故事，故事中的豬媽媽因為想訓練三隻小豬自立，於是便要他們離家獨居，結果卻差點令大豬和二豬成為大灰狼的點心。

　　我明白孩子是必須學習獨立，但這是否代表家長只要完全放手對孩子不聞不問，他們就能夠自力更生呢？試想要孩子學懂游泳，是否只要把孩子丟進海裏，任由他自生自滅就可以？所以要孩子學會獨立，家長必須要事先制定一套完整的計劃，循序漸進地先讓孩子學習一些簡單的事情，例如：自行收拾餐具，整理床舖……而且更要從旁加以指導，否則孩子只會橫衝直撞，最後可能因四處碰壁失去自信而選擇放棄。

　　所以如果我是豬媽媽，我一定會先教他們建屋的方法，然後再教他們應付壞人的方法，例如：高聲呼叫，不要隨便跟陌生人說話……讓孩子有充足的準備後才離家。

　　各位家長，請不要再以成年人的角度去衡量孩子的能力，孩子是需要妳陪伴、教導、鼓勵和關懷才能茁壯成長，正如一棵植物，也要園丁每天灌溉、施肥才會健康生長，所以請你們不要再以為只要在孩子耳邊三言兩語，就會令他們好像機械人般按指令完成任務了！

如果我是法官

李栢熹　滬江小學

　　如果我是學校裏維持公正的法官，我會竭盡所能幫助同學解決各種糾紛、爭執和不公平的事件。我會嚴格地按照學校的規定進行處理，保持公平、公正和公開的態度。

　　在我擔任學校法官的時間裏，我遇到了各種各樣的糾紛和不公平事件。有學生被指偷了同學的圖書，亦有同學因為成績不好而被別人嘲笑。面對這些事件，我會耐心地聆聽每一個人的故事，並了解事件的起因和經過，不會貿然作出判斷。如果有必要，我也會向老師和家長尋求意見和協助，以確保我的判決是公正和合理。

　　每次問題解決後，同學們都對我的幫助非常感激。他們看到我能夠公正地處理事件，讓他們感到放心。在這種情況下，我感到很有成功感，因為能夠幫助同學，在學校傳遞正確的價值觀，發放正能量。

　　在這個過程之中，令我更加認識到法官的工作和使命感，作為學校法官，我的職責是確保每一個人都受到公平的待遇，保護每一個人的權益和尊嚴。這種使命感令我更加認識到自己在學校中的重要性，並激勵我更加積極參與學校的事務。

　　我明白自己還有更多需要改進和提升的地方，我會不斷學習和進步，讓我成為老師和同學們可以依賴的人。現在的我會努力讀書，希望將來能夠成為香港市民服務的法官，捍衛法律，維持公義，確保所有來到法庭的人都受到公平的對待。

如果我是白雲

李智賢　滬江小學

　　我看着天空隨風飄揚的白雲，聯想着，如果我是一朵小小的白雲，那會有多好呀。

　　如果我是天空的白雲，我要跟風姐姐到不同地方玩耍，想去哪裏就去哪裏，有時探望在操場跑步的小孩子，有時飄到森林呼吸新鮮空氣，有時到農場跟農夫伯伯學習耕種，有時到炎熱的沙漠給奄奄一息的仙人掌澆水。如果我是一朵小小的白雲，那會有多好呀。

　　如果我是天空的白雲，我要到森林裏跟兄弟姊妹開音樂會，我先揭開序幕，雨水「滴滴滴滴」地落在池塘上，接着青蛙弟弟在荷葉上跳來跳去，像是小鼓在炒熱氣氛般，然後小鳥妹妹們清了清喉嚨，歡樂地唱歌起來，在不遠的大象伯伯聽到歌聲後，也隨即加入，笨重的雙腳幫我們打起拍子來。突然，一陣風吹過來，啊！原來是風姐姐呀。她召集了森林裏所有的動物，音樂會立即變得熱鬧了，孔雀太太和蟲兒手拉着手，跳起舞來。不知不覺，太陽伯伯下班了，天色都昏暗起來，動物們也唱累了跳累了，一起睡在森林中。如果我是一朵小小的白雲，那有多好呀。

　　如果我是天空的白雲，我要到災區探望無家可歸的災民，變成不同形狀哄小孩子開心，一會兒變成可愛的小貓，一會兒變成地上的花兒，一會兒變成海灘上的貝殼，把他們從傷心害怕的心情拉出來。又到乾旱地區給予人們天然的水源，他們乾乾的嘴唇變得濕潤起來，他們的笑容感動了我。如果我是一朵小小白雲，那會有多好呀……

如果我是多啦A夢

魏幸妃　滬江小學

如果我是多啦A夢，有一個千變萬化的百寶袋，我會為身邊的人帶來歡樂和幫助一些有需要的人。

首先，我會使用「隨意門」來幫助別人，例如在小朋友就要遲到時，立刻請他走過「隨意門」，就能快速到達學校，令他可以減少被老師責備的機會。此外，「隨意門」還可以為救護員或警察效勞，因為平時當他們接到求助時，都要用十至十五分鐘到達現場進行救援。如果他們使用「隨意門」，就可以瞬間到達，為傷者進行適當的治療，以免變得更嚴重。

其次，我會從百寶袋裏取出「時光機」。我會利用它回到我嬰兒的時候，因為我想再次和我外婆一起談天，說說生活中的點點滴滴，當我遇到不快時她可以在我身邊關懷我，當我遇到困難時，她可以在我身邊陪伴我一起解決問題。之後，我還可以去到未來，看看那裏的生活環境，高樓大廈和交通是否已經變成智能化，未來的人類是否過得快樂呢？因此，我就可以做好心理準備，裝備自己，去迎接未來的世界。

最後，我會拿出「四次元垃圾回收袋」。把無邊無際的塑料垃圾消失得無影無蹤，亦可以把吸完的垃圾放在裏面，再栽種一些色彩豐富的花花草草，就這樣原本臭氣無邊的垃圾堆，變成了美麗的綠洲！

假如我是多啦A夢，我將從我的百寶袋裏拿出更多更新奇的東西，來造福人類造福社會，把我們這個可愛的地球變得更美麗，更健康。

如果我是一枝筆

黃紫蕎　光明學校

　　如果我是一枝筆，我希望我是一枝可重複使用的水彩筆，可以沾上不同的顏色，為小朋友畫上色彩繽紛的世界。我也可以和我的好朋友——畫畫本一起到郊外去，畫出蔚藍的天空，紅艷艷的太陽，綠油油的草地，紀念難得一見的景色。

　　如果我是一枝筆，我希望我可以是一枝實用的筆。我會幫小朋友完成功課，抄寫手冊，記錄生活等。當他們需要我時，我必定會挺身而出，不但如此，我還可以幫他們消磨時間，用我來畫畫、素描、練字，甚至當玩具，為他們帶來歡樂。

　　如果我是一枝筆，我希望我可以成為一枝寫下心事的筆，不論人們心裏隱藏着多少煩惱，多少痛苦，人們都會用我來寫心中的一切，給自己寫封信，把故作堅強的外表下自卑而脆弱的靈魂，毫無保留地表現出來。

　　如果我是一枝筆，我希望我是李白的毛筆，因為我相信李白作為一位詩人應該會珍惜自己的毛筆。而且作為李白的毛筆，我能認識一些被歷史遺留下來的寶藏以及博大精深的中華文化，為一代「詩仙」寫下他流芳百世的墨寶。

　　如果我是一枝筆，我希望我是一枝粉筆。我會成為老師的得力助手，和其他粉筆一樣竭盡所能地工作。「叮叮叮……」上課鈴聲響了，我被老師拿着在黑板上寫下數學題目的計算過程和答案，給同學們傳播知識。「叮叮叮……」下課了，我由細長的粉筆，變成被人遺棄在角落的小粉筆，雖然每一次被人類在黑板上書寫時，生命都在漸漸消逝，但能夠為莘莘學子傳播知識，我也願意咬咬牙忍

了下來，無私的將自己的全部奉獻給人類……

如果我是一位明星

姚君穎　九龍塘學校（小學部）

「叮叮……叮叮……」鬧鐘已在催促我起牀了，我卻還沉醉在夢中。就在這時，一位陌生的女士拉了我起來，把睡眼惺忪的我搖醒了，又道：「小姐，別睡了！今天有簽名會，排舞訓練以及廣告拍攝！」

甚麼？簽名會、廣告拍攝、排舞訓練？還是小學生的我怎會這樣？我立刻走到鏡子前，果然，鏡前的我明眸皓齒，面孔成熟得多了。身為一位很想成為明星的我，這事簡直令我驚天動地，且喜笑顏開。

當我一站上台後，看見會場人山人海，所有粉絲也拿着有我名字或樣子的牌子，高聲呼着我的名字。初時看到這麼多支持者，心裏膽戰心驚，差點兒暈倒在台上，因為我從來沒有面對着這麼多人說話的經驗，但後來看到自己的歌聲給了人們無限的力量和歡笑，便開始適應了。

剛完了簽名會，連飯也沒吃便要趕往公司排舞。排舞？我不是歌手嗎？我問了旁邊的工作人員，她以極疑惑的眼神說：「小姐，你是一位跳唱歌手啊！」一個疑問解答了，另一個又飄了出來：我又不是未來的自己，怎知道舞步呢？結果只好找理由拒絕練習，說我自己頭痛、腳痛。可是在老闆的威嚴下，我怎麼也要練習。當然，我有很多錯誤，還差點兒摔斷了手腳。我跳了一會兒已經喘着氣來，但伴舞者仍是起勁地跳着，彷彿身體是用鐵做的，從來不用休

息。老闆也對我非常失望，搖着頭地嘆氣，道：「你今天怎麼了？甚麼也不會，像個無知的小孩般。」我心想我的確是小孩嘛。

本已腰酸骨痛打算回家休息，卻記起還要拍廣告呢！我那套裙子很繃緊，令我有窒息的感覺。加上那濃濃的化妝品，害我不停地打噴嚏！連化妝師也按捺不住問：「你今天生病了嗎？」我卻忽然問道：「為何要化妝呢？原貌不好看嗎？」化妝師道：「當然化妝好看！你今天真奇怪。」我卻對此不滿，每個人也有自己的真面目，但粉絲卻只看到偶像妝容的面目，這不也是欺騙粉絲嗎？這些東西已令我毫不自在，卻還要穿上高跟鞋，真叫我像不會走路的，摔個沒完沒了。

正當我準備離開片場時，忽然聽到「叮叮⋯⋯叮叮⋯⋯」的聲音。我立刻閉上眼睛，再緩緩地張開眼睛，看到自己仍在牀上。原來只是一場夢，幸好只是一場夢！

所謂「台上一分鐘，台下十年功。」很多人以為做明星很容易，但其實背後吃了很多苦。願大家不要只發明星夢，要用功讀書，尋找真正的目標吧！為目標努力進發！

如果我是一把傘

蔡傳懿　英華小學

我是一把傘：雖相貌平平，但骨骼精奇。筆直的軀幹，強健的骨架，身披藍外衣，外加修身短腰帶。我的小主人直誇我氣質非凡呢！

那是一個前一秒還晴空萬里的午後，一眨眼就烏雲密佈了。大雨瞬時傾盆而瀉，小主人的爸爸一手撐着我，一邊焦急地等着接小

主人放學。我抖了抖身上的雨水，心想：就這點兒雨，不足為懼！

遠遠地，小主人一蹦一跳地走過來。幾天沒見，小主人又長胖了。糟糕，風越來越猛，雨越下越大，要同時遮住兩人，定要加把勁兒，把筋骨全撐開！

一出校門，爸爸就把書包背在胸前，怕淋濕了書本和功課；小主人緊緊抓住爸爸的手臂，兩人步履蹣跚地躲避着地上的小水坑。我使出渾身解數：大鵬展翅、芙蓉出水……沒想到一陣疾風襲來，一拳把我打了個踉蹌，小主人的爸爸左半身一下子全濕了。沒想到他只是扶了扶我的軀幹，目光堅定地辨別着地上的小水坑，不動聲色地繼續護送着小主人。小主人眼看着暴雨肆虐地打在爸爸身上，一邊開玩笑地說：「爸爸，您已經淋成落湯雞了，不如游回家吧。」一邊推了推我的軀幹，讓我朝爸爸的方向斜了斜。爸爸馬上把我推回小主人的身邊，眉頭一鎖，嘴角微微一翹：「我就不能坐船回去嗎？」……小主人和爸爸就這樣你一句我一嘴地走到了地鐵站。這一路我左搖右擺，頭暈目眩，我知道，這對父子都希望我能更多地遮擋對方那邊的風雨，可是，你們倆眼瞧着都越來越胖了，卑職實在很為難啊……

這就是我和我的小主人一家。風雨中撐起另一片天，見證着人間真情。

如果我是人工智能的發明者

黃津霖　英華小學

從 2015 年起，我踏上了發明人類科技前所未見工具的道路。

經過年累月的研究，我終於完成了這個新世代的人工智能，把人類研究機械人的歷史推到最高峰。我研究出利用簡單語言編寫程式跟人工智能對話，並利用對聲頻的分析，模擬人類的話音語句，結合大數據，能協助處理文書工作，甚至藝術創作。

自 2022 年底我的產品正式推出後三個月，它已經發展到可以寫出任何題材、語言和字數的文章或故事，甚至小說。因此全球反應極之熱烈，各行各業都重點關注這個先進的機器，我也因此不停被記者採訪，問及人工智能可不可以幫學生做功課？可不可以模仿一個人的聲音？可不可以繪畫？可不可以超越人類？我對種種問題感到頭痛。

我的產品能夠令到人工智能技術家傳戶曉，我感到自豪同時也感到害怕。

我發現原來已經有一些不良分子，用了人工智能模仿了歌手們的聲音唱歌及牟利，又用人工智能技術來畫畫，製作假物，欺騙他人金錢；甚至用人工智能製作不實的新聞，並讓假新聞在不同平台上大量散佈，再找些網絡打手瘋傳，以訛傳訛，誤導他人。

因此我經常睡不着，不停在想人類滅亡和人工智能統治地球的惡果，感到很慚愧，覺得自己做錯了事。其實我發明人工智能是為了教育和救濟貧窮，而不是戰爭和災難，為甚麼現在會變成這樣呢？

所以我呼籲各國政府要盡快立法監管人工智能的使用，讓人工智能成為我們生活上的好幫手。還要推動正向教育，教導人們如何

正確使用人工智能，溯回我發明的初心。

如果我是……

傅玟熙　英華小學

　　媽媽常常鼓勵我說：「你年紀還小，人生充滿無限可能，盡情去探索世界吧！」每聽到這句話，一幅幅妙想天開的畫面就會浮現在我的腦海……

　　如果我是探險家，我會遊遍天涯海角，到處去尋找研究各種珍稀生物。還記得在博物館看過有關科學家達爾文的生物進化論介紹，說不定我能找到獨角獸、麒麟等被認為只存在童話世界的生物，成為新一代自然科學家翹楚。

　　如果我是國家總統，我會盡力避免戰爭，因為戰禍不僅令生靈塗炭，亦破壞自然環境。我會大力推動各種環保政策，務求令地球媽媽不再生病。我會以身作則、身體力行，鼓勵市民把環保行動融入日常生活之中。

　　如果我是億萬富翁，我會到貧困地區幫助有需要的人。正所謂「授之以魚不如授之以漁」，除了使用我的財富直接改善他們的生活，最重要的是教會他們謀生技能。我會先建設基本設施，例如水電供應、交通網絡，再教當地村民善用手上的資源去發展經濟，以幫助他們脫貧。

　　其實無論是要成為探險家、國家總統還是億萬富翁，要實現夢想如果只是空口說白話只會是痴人說夢，一事無成。就讓我由今天開始坐言起行，好好努力充實自己，將來才會有更多的選擇權，創造自己的無限可能！

如果我是一隻蟑螂

羅卓睿　英華小學

　　如果我是一只蟑螂，我會卑微地生活在這個世界的陰暗潮濕的角落裏嗎？我會不顧一切地追隨着殘渣和腐爛的食物嗎？一輩子過着被人們厭惡，成為蜘蛛、壁虎、螞蟻等等天敵的盤中餐嗎？可能吧，但我想表達的是，蟑螂可能沒有你們想像中那麼骯髒、那麼可怕。

　　人們普遍對我產生厭惡感，將我視為衛生問題的「幕後主腦」。因此，我常常成為被人類試圖消滅或驅趕的目標，我每一天就只好「逃！逃！逃！」我族羣中的每一位成員也許都是一等一的短跑高手了。

　　換個角度來看，作為一隻蟑螂，我的生活其實相對簡單，主要集中在尋找食物、躲避危險和繁殖後代上。儘管經常被人們排斥，我們也從來沒有討厭過人類。

　　這一刻，我這隻蟑螂雖然是人類的公敵，但從蟑螂種羣的種類和數量來看，與人類生產生活有交集的畢竟還是少數，所佔的比例還不到 1%，大部分的蟑螂都棲息在純粹的自然生態環境中。而且，我可以將環境中的有機物質，比如植物的殘體、動物的屍體和糞便等，分解為水、二氧化碳、無機鹽等物質，這些物質可以重新被生產者利用，是生態系統中承上啟下的關鍵環節。

　　甚至在人類科學家的眼中，對我們腦部的研究發現，裏面包含了許多可以殺死諸如 MRSA 超級細菌的化學物。這些化學物有很強的反細菌性能，能夠殺死 90% 的 MRSA 超級細菌，同時又不會傷害人體細胞。可謂人類的福音。

　　由此可見，我對人類並非一無是處，而且也有不少的貢獻呢！

在此，我衷心地向人類說一句：「人類呀！人類！我們可以交個朋友嗎？日後可否不要以過街蟑螂打我，不如我們試試和平共處一下吧！」

如果我是媽媽

鄧曉晴　香港青年協會李兆基小學

在我年紀還很小的時候，我總是把這句話掛在口邊：「如果我是一個超人就好了，因為可以鋤強扶弱；如果我是一位醫生就好了，因為可以拯救寶貴的生命；如果我是糖果店老闆就好了，因為可以天天吃無限的糖果……」。滿腦子想着「如果我是……」古靈精怪的想法，現在想起也不禁傻傻地笑了起來！

直至有一年的暑假，我才發現如果我是媽媽……這個暑假，媽媽和我參加了一個划獨木舟到小島收拾垃圾的活動。那天我懷着戰戰兢兢的心情來到活動現場，因為我從來沒有划過獨木舟的經驗。大家細心聆聽獨木舟教練的指導後練習了一會兒，接着還聽了教練講解收拾垃圾需注意的事項，我們認真地穿上救生衣便登上獨木舟準備出發了！

溫暖的太陽光伴着我們划呀划，划呀划！隨着風，我們輕輕鬆鬆划到中途的沙灘，我得意忘形地對媽媽說：「划獨木舟都不太難啊！」媽媽笑着回應：「快點收拾垃圾吧！」大家不停地彎下背，用鉗子撿着遍佈沙灘的垃圾隨後放進袋子裏。不經不覺已經中午了，在我們吃美味的飯團時突然風雲變色，教練們商討後決定因天氣和安全的問題不能前往小島。我頓時感到非常失望，只好收拾心情準

備回程。

　　媽媽和我登上那不斷被海浪拍打致搖擺不定的獨木舟。隨即教練大聲叫道：「大家一艘船跟着一艘船回程啊！」划呀划呀，海面的波浪由去程的平靜到後來兇猛得多了，它不斷向我們迎面衝過來，那些冰涼的浪花濺到我的臉頰。我往上看，看見天空烏雲密佈，好像快要傾盤大雨；往旁邊看，看見團友不斷落後，好像要和我們道別；往後面看，看見媽媽默不作聲不停地划，好像參加了一場競渡。

　　我越划越累，但仍然好像原地踏步似的，我嚇得驚惶失措，手也停下划槳，放聲大哭道：「媽媽我很害怕划不到目的地啊！」媽媽這時減慢了划槳的速度，她用堅定的眼神望着我說：「不用害怕，我看到你很盡力地划，只是風先生和浪小姐與我們鬥鬥氣，讓我們慢慢前進啊！」接着媽媽提議我們齊聲叫道：「一二三、一二三划……」後來我們一鼓作氣，終於划到目的地。團友們陸續回來了，我的心也定下來，抱着媽媽問：「你剛才不害怕嗎？」累透了的媽媽說：「有一點點啊！但遇到困難時候要冷靜，勇敢面對；遇到想做的事情要用堅毅的心向着目標進發！就好像剛才你也做到了！」這次驚險的旅程，我深深體會到如果我是媽媽，同樣有着一顆冷靜、勇敢和堅毅的心，將來就可以帶着那顆心實現更多的目標。

如果我是汽車工程師

林澤宇　香港教育工作者聯會黃楚標學校

　　我希望將來成為一名汽車工程師，我想設計一輛又安全，又方便，又環保的汽車。

我設計的汽車是一輛擁有智慧的汽車，為了讓人安全地駕駛汽車，我會用人工智能技術，當偵測到前面有障礙物時會立即停下來，避免碰撞。我會用一種堅固的材料來製造車身骨架，這樣在汽車發生事故時，堅固的材料會保護人的安全，確保沒有人受傷。

　　為了讓人減少工作，我還會在車上安裝一個自動駕駛系統。這樣，汽車就可以自己駕駛到達目的地，不需要人駕駛。還有，我會在車上加裝一部平板，這樣就可以隨時了解車上的狀況。還可以調整車裏每一個設定，自動導航只需要選擇地點，就可以找尋最快的路線。

　　燃油汽車會排放大量有毒廢氣和溫室氣體，危害人們的健康，同時加速全球暖化。所以我會改用其他方式來驅動車輛。我會用電、太陽能或氫氣來驅動車輛。這樣就會減排放廢氣，而且這種能源不會用盡。

　　如果我是一名汽車工程師，我就會將汽車設計得又安全，又方便，又環保，讓人們在車裏有最好的環境，又不會危害地球。

如果我是……

張寶兒　香港教育工作者聯會黃楚標學校

　　今天我和爸爸媽媽去旅遊，我拖着疲倦的身軀回到酒店休息時，我看見有一部機械人跟着我們走上電梯，它不但可以跟我對答如流，還可以不用乘客的幫助下，隔空按電梯按鈕。我心想：機械人真厲害！發明家真厲害！所以，我以後都要做個發明家，發明更多有用的東西幫助人們。

如果我是發明家，我會發明「宇宙飛船」，它不但可以載太空人去繼續探索浩瀚無邊的宇宙，還可以載像我一樣好奇心極強的小朋友在宇宙到處參觀。這台飛船還會自動收集各個星體的天氣是否惡劣，從而確定在哪一個星體降落。而且，萬一飛船不幸遇上沙塵暴、雷暴等惡劣天氣，飛船便會打開保護模式，即使保護模式被強大的自然災害破壞，也不會影響裏面的人和設備。這台飛船最大的優點，就是可以安排機械人給小朋友介紹宇宙小知識，也可以即時給小朋友做實驗，就像在現場看「天宮課堂」一樣，機械人還可以回答小朋友問的問題，深信坐過這台飛船的小朋友也能獲益良多呢！

如果我是發明家，我還會發明「污水淨化器」，最近日本政府不顧其他國家的批評和反對，將福島核污水排放到太平洋。這個決定使位於太平洋附近國家的平民百姓提心吊膽，不敢吃魚類食品。這個「污水淨化器」正正可以幫助人類解決這個問題，你只需要按下開關，把機器放入海水中，他就會自動過濾海水，時間就視乎海水的潔淨度。過濾完畢後，它會自動游上岸邊，追蹤按下啟動開關的人並回到那人的手上，處理那些廢水的方法也很簡單，只需按下另一個按鈕，「污水淨化器」就會自動處理。這個發明使海水變得更乾淨，人們也可以放心吃海產了。

如果我是發明家，我會發明很多有用的東西造福人類。

如果我是一位重度癌症患者

張思茹　香港道教聯合會圓玄學院陳呂重德紀念學校

大家好，我是一位癌症患者。在去年的夏天，我被証實了患上

第四期癌症。聽到這個消息，我感覺天都快要塌下來了！我本打算放棄治療，把我這些年辛勤存下來的積蓄留給父母養老。可是父母卻堅持要我治療，還說「錢可以再賺，但生命只有一條。」並且自作主張幫我簽了同意書。

我不怕死，因為我知道癌症治療的過程有多麼痛苦，我寧願一死了之，也不願承受那種痛苦。

住院的當天晚上，我的病情開始發作。那種疼痛無法用語言形容，一會兒像有刀子在肚子裏割，一下一下，痛得入心入肺，一會兒又像有千萬條蟲子鑽進了身體，又麻又酸。死亡只是一瞬間，而疼痛卻是沒完沒了。說實在的，我真的不想活了，太疼了。醫生、護士都紛紛把我強行按在牀，不讓我動彈。我絕望地望向爸媽，他們早以淚流滿面。

我每天都要接受不同的治療，化療及放射療法……每天都被病魔折磨得奄奄一息。就這樣日復一日，我看到了希望，我的病情逐漸好起來……但同時我也面臨危機——積蓄已經不足了，這就意味着我可能不能再接受治療了……

在這危機關頭，醫生站了出來，以愛惜每一條生命的名義，願意免費為我提供治療。我再一次真正感受到「白衣天使」的偉大！

最終我康復了！「這一切得來不易，真不可思議了！」我猶如瘋子般地吼叫着。我不知該如何形容我當時興奮的心情。

或許我真的應該慶幸父母當初的選擇，感謝醫生的善意，才成就了今天的我……

如果我是一盞路燈

陳紫嫣　香港道教聯合會圓玄學院陳呂重德紀念學校

假如你有一個機會，就是把自己變成另外一種事物，你最想變成甚麼呢？假如我有機會，我最想變成一盞為夜裏行走的人們指路的明燈。

假如我是一盞路燈，等到夕陽西下，天色漸漸暗淡下來，我也要開始工作了。我睜開明亮的眼睛，為夜間行走的人們照亮着回家的路，在黑暗的路道顯得格外耀眼，不知不覺間已經是凌晨了。

我看着清潔工還在稱職地清理道路兩邊散落的枯葉，我竟然莫名的心酸，只能默默的為他們照亮道路。不知過了多久，我向遠處投以期盼的目光，陷入沉思，清潔工的背影彷彿在告訴我：「堅持是光明的前身，光明給予萬物生命。光明不滅，生命不息，光明堅持亦不止。」

假如我是一盞路燈，我幻想着每天都能做的事情。早上，伴着學生們的歡笑，伴着上班族急促的腳步聲。中午，看着孩子們放學走到公園裏談笑和玩耍。晚上，我會為散步和夜跑的人們一絲光明。

記得有一次，我的眼睛突然一下子變得模糊不清，非常的不舒服，但為了夜裏的人們出行方便，我硬是挺到了天亮才閉眼。後來醫生來幫我檢查，原來是昨天下雨，我的帽子破了個洞，水進了我的眼睛，才導致我的眼睛突然失明，還好醫生給我治好了，真是虛驚一場。

就這樣日復一日，我重復着自己的工作，看到了許多有趣的事情。那個定期給我做檢查的醫生，他總是不辭辛勞地給我做體檢，那些為我做清潔的工人們，他們總是無微不至地照顧着大家。這種

默默無聞、無私奉獻的人應該被尊重和愛戴。

如果我是一隻鳥

嚴凱勛　沙頭角中心小學

　　如果我是一隻小鳥，那該有多好啊！我可以在藍天下自由翱翔，享受到無邊無際的自由。每當早晨的陽光照射在大地上，我可以從樹上跳躍起來，展翅飛翔。伸展雄壯的翅膀，抖落身上的灰塵，我就可以像一顆藍色的明星飛向天空。在空中我會感受到自由的感覺，我可以隨心所欲地飛翔，無論飛到哪裏都是那麼輕鬆愉快。

　　如果我是一隻小鳥，我可以飛到遠方的山巔，眺望那片蔚藍的海洋。我會盤旋在空中，感受風的擁抱，聽着大自然的呼喚，體會到生命的美妙。我可以插上藍天的翅膀，為太陽灑下溫暖的問候，為大地奏響歡快的音符。當我在空中自由自在地翱翔時，我會感到無比的快樂，忘記一切煩惱和壓力。

　　如果我是一隻小鳥，我可以遊覽世界各地的風景名勝。我可以穿梭在森林之間，感受它們的神秘與美麗。我可以飛越大江大河，俯瞰美麗的河谷和平原。

　　我可以飛到高山之巔，俯瞰世界的壯麗景色。在旅途中，我會結識許多新朋友，分享彼此的故事和快樂。

　　如果我是一隻小鳥，那該有多好啊，我會無所畏懼地翱翔於這片美麗的藍天之下，守護自由的夢想，展翅飛翔！

如果我是一隻兔子

羅紫彤　九龍塘學校（小學部）

「這種兔子只是普通的兔子，怎麼還賣這麼貴？」我被一陣嘈雜的吵架聲吵醒。我揉了揉眼，睜開了水汪汪的眼睛，心中有着多個問號：咦？怎麼一切都變大了？咦？怎麼我的手變成了一對既雪白又毛茸茸的小短手？我摸了摸頭頂，發現多了一對長耳朵。我從旁邊一塊透亮的鏡子中看到自己小巧的臉蛋。甚麼？我變成為了一隻兔子？我連忙掐了掐自己的臉蛋，「痛！」我竟然真的變成了一隻兔子！我頓時目瞪口呆、難以置信，嚇得昏倒了。

待我清醒以後，我開始冷靜下來，思來想去還是覺得啃籠子逃走最實際。「這兔子真特別！」這把特如其來的聲音嚇得我得差點把牙都給咬崩了！原來那把聲音屬於想買我的人。經過買家的考慮，他終於決定把我買下來，這可把我樂壞了！本以為幸福美滿的生活會來到我身邊，誰知他把我買回家後，終日對我拳打腳踢，我有幾次想逃走都被發現，結果可想而知。經過重重困難，我成功逃出了這個「地獄」。

我在外面流浪了許久，經歷了漫長的日子，當我快餓死時，我終於看到希望！一個可愛的小女孩和她的母親與我擦身而過，我立刻睜開那雙圓滾滾的大眼睛，向她賣萌，希望她能給予我一個住所。小女孩看到後立即向她的媽媽問道：「媽媽、媽媽，可以收養這隻可愛的兔子嗎？」她的媽媽立刻說：「不可以，這隻流浪兔子這麼骯髒，怕是會傳染甚麼疾病給我們。」但在小女孩再三的央求下，最後她的母親還是妥協了，然後我就被順理成章地接回家了，這可把我樂壞了。

小女孩把我接回家的第一件事就是幫我用卡紙造個窩。我立刻奔跑去那個窩裏面，窩裏鋪上了一塊柔軟的地氈，舒服得讓我開始有一絲絲的睏意，便倒頭大睡了。第二天醒來後，我聽到一陣驚呼，「天啊！兔子成人啦！」我努力睜開眼睛，發現我變回了那個亭亭玉立的小女孩。看着她們目瞪口呆的樣子，我莞爾一笑，把所有事情都一五一十地告訴她們，然後默默離開。

　　這次經歷雖然發生了許多不可以用正常人的腦袋去想的事情，但令我切身體會到流浪動物的痛苦，也教會我要愛惜小動物，不可以虐待它們。保護動物，人人有責。

如果我是一名律師

吳皓轅　沙頭角中心小學

　　如果我是一名律師，我要像包公那樣為民伸冤。想要成為一名律師，光憑想像是沒用的，必須付諸實際行動。很喜歡的兩句歌詞：陽光總在風雨後，請相信有彩虹。所以如果我真的成為了律師，首先我會謝謝自己。

　　如果我是一名律師，我會衣着端莊，在正義的法庭上振振有詞地替受害者洗清冤屈，也會讓那些罪大惡極的壞人接受審判改造，洗心革面，重新做人。如果我是一名律師，我會盡心盡力地履行律師的職責！比如我會在處理整個案件的過程中，首先會問當事人事情發生的經過，接着收集證據，及時歸類整理，最後在法庭上為他積極辯護，我會抓住每一個細節，每一條證據，絕不放過一丁點兒蛛絲馬跡。如果我是一名律師，我一定會與同仁攜手讓每一位公民

生活在一個法制健全的社會而加倍努力。

如果我是律師，我會用全世界通用的律法，把流落外國的中國文物「說」回來了。俗話說君子動口不動手。我要以君子的風範來要回應該屬於我們的國寶，讓他們知道中國是文雅的，中國是君子的，中國是不可被欺負的，中國是有能力的。

最後，我覺得律師就是伸張正義的代名詞，對律師而言，工作就是樂趣，人生就是樂趣和挑戰，人生就是天堂和地獄！

如果我是一名律師，那該多好啊！

如果我是醫生

李紫鈺　沙頭角中心小學

人如果生病了，就會很痛苦，生病了就有機會邁向死亡，所以醫生是很重要的。

如果我是一名醫生，我要做一位很好的醫生，做一位盡責的醫生，能為病人解除痛苦，能救死扶傷。醫生是崇高的職業。如果我是一名醫生，我要學會各種不同的病症，然後可以去醫治不同的病人，減少他們的痛苦。我會比其他醫生更加認真，更加努力，更加細心。

在我的心目中，醫生可以救死扶傷，這個職業是偉大的，是無私的，我可以悄悄地告訴你，凡是來找我看病的人，我都會一視同仁，絕不會有貧富之分的。而對一些家境比較貧窮的人，我還會免費義診呢！

如果我是一名醫生，我會全力以赴地去研究世界上所存在的

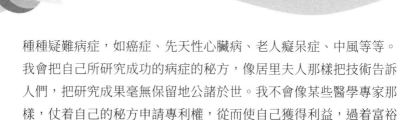

種種疑難病症，如癌症、先天性心臟病、老人癡呆症、中風等等。我會把自己所研究成功的病症的秘方，像居里夫人那樣把技術告訴人們，把研究成果毫無保留地公諸於世。我不會像某些醫學專家那樣，仗着自己的秘方申請專利權，從而使自己獲得利益，過着富裕的生活。

如果我是一名醫生，那該多好啊！

如果我是一隻小鳥

馮子建　大埔舊墟公立學校（寶湖道）

如果我是一隻小鳥，那會有多好呢？我可以在天空中自由自在地飛來飛去，十分刺激；我也可以不用一分一毫就能夠到其他國家旅遊、探險，認識世界，增廣見聞。

當中我最想去冰天雪地的地方，體驗一下下雪的感覺。我想玩雪球大戰，製做十分巨大的雪人。而且我還想觀賞一下燦爛的北極光。

如果我是一隻小鳥，我就可以天天用美妙的聲線唱出悅耳動聽的音樂，還可以組成一隊樂團，天天前往不同熱鬧的地方開音樂會，令其他不同的鳥兒也可以享受音樂帶來的樂趣、快樂。

小鳥可以天天飛到高空觀賞香港美麗的景色，又可以去不同的高山樹林、狹窄的地方中穿梭，看到奇妙、截然不同的景色，用新的角度來觀賞這個充滿歡樂、有趣的世界。

不過……如果我成為了一隻小鳥，我就不能再和我的好朋友、家人聊天分享心事、一起玩樂了，我更不能再到圖書館借閱我最喜

愛的圖書了。

　　所以我們應該懂得感恩，珍惜現在所擁有的人和身邊發生的每一件事情。接受現在時光，就是最幸福不過了。

我心中的英雄

歐曉樂　嗇色園主辦可信學校

　　我心中的英雄，他一頭蒼白的頭髮。每時每刻都為救治病人而操勞；寬而高的鼻樑上，架着一副近視眼鏡，他臉上的皺紋是歲月留下的痕跡。沒錯，他就是鍾南山爺爺。

　　據我所知，在第一屆全運會的比賽測驗中，鍾南山打破了當時的 400 米欄全國紀錄。取得 54.2 秒的驚人成績。鍾南山爺爺不僅運動很棒，醫術也高明。

　　在 2003 年非典疫情爆發，人們恐慌之際，身為著名呼吸病學專家的他來到前線。不顧自身的生命危險，治療重病人，與死神爭奪生命。2003 年，鍾南山被廣州市賦予「抗非英雄」的榮譽稱號，他不愧是中國呼吸系統傳染病防治的領軍人物。

　　17 年後的今天。武漢疫情蔓延，牽動着我們每個人的心，鍾南山爺爺向大家提議不要去武漢，84 歲的他卻義無反顧掛帥出征，趕往武漢防疫最前線，尋找戰勝病毒的抗體。經過鍾南山爺爺的一番努力，終於找到了抗病源，武漢的確診死亡率快速下降。為此，鍾南山爺爺疲倦的眼神頓時充滿了淚光。最後他那滿是皺紋的臉漾出了和藹的笑容，波紋似的酒窩。

　　鍾南山爺爺那種捨己為人懸壺濟世的精神，難道不值得我們敬佩學習嗎？網上流行一句話：火神山、雷神山、鍾南山，三山齊聚克困難！有鍾南山爺爺和一大批醫學家在，我們有信心打贏這場沒有硝煙的戰役！鍾南山，在國家危難時刻挺身而出的大英雄！

　　他，才是真真正正的英雄。

梁晧澄　元朗公立中學校友會小學

　　我心中的英雄是我的爸爸。他個子高大，膚色黝黑，有一頭烏黑的短髮，彎彎的眉毛襯托着炯炯有神的大眼睛，高高的鼻子下是一張愛笑的嘴巴。平常他愛穿便服，說話很溫柔，但有時也有嚴厲的一面。

　　爸爸之所以可以成為我心中的英雄，並不是因為他的外貌，而是因為他的內心。他不但英勇，還很機智，更擁有一顆永不放棄的心，常常在旁鼓勵我，教導我做事不要輕易放棄，他的格言是「人生雖會遇到困難，但總有解決的方法。」這句話，我一直銘記於心。

　　四年前的某一天，爸爸突然告訴我：「我自小的夢想便是當消防員，雖然考了兩次也失敗，但我仍想再試，為夢想，為香港出一分力作目標。」從那天起，爸爸比以前更加努力操練，每天也去健身房健身，每次也汗流浹背，雖然很辛苦，但他完全沒有絲毫退縮，反而越戰越勇，從爸爸的眼神可看出他的決心。最後，終於皇天不負有心人，他在第三次考試中不但成功過關，還取得了佳績，成為了消防員。可見，爸爸並不是一位輕易放棄的人。

　　還有一次，爸爸在執勤時，附近有一住宅單位失火，火勢蔓延得很快，迅速達至五級火警。爸爸帶領同伴們快速地營救所有被困的人後，便馬上離開了大廈。突然，無人機發現了一位小女孩抱着小貓仍在同層的另一單位內，可是，當時大廈正門已完全被阻塞，裏面也充滿了濃煙，內在環境非常危險，同伴們也勸說他不要前往，但爸爸不理勸喻，並靈機一觸，看到大廈旁的側門，更當機立斷拿起斧頭，再次衝入火場。爸爸拿着斧頭不斷清理被阻塞的道路，很快就到達小女孩處，一手便抱起她，並快速地往側門方向逃生。「轟」的一聲，側門打開了，現場的所有人看到爸爸、小女孩

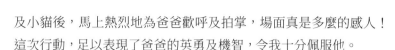

及小貓後，馬上熱烈地為爸爸歡呼及拍掌，場面真是多麼的感人！這次行動，足以表現了爸爸的英勇及機智，令我十分佩服他。

我心中的英雄——爸爸，一位又英勇又機智的人。從他身上學會了永不放棄的精神，我希望將來也能跟爸爸一樣，無論將來面對的挑戰有多困難，也能抱着同樣的精神，盡力為夢想勇往直前。

王詩雅　滬江小學

有一天音樂課，老師向我介紹了貝多芬，因此我對貝多芬產生了興趣，便去圖書館借閱與貝多芬有關的圖書，回家細閱後，我便被貝多芬不屈不曉的精神所感動，因此他就成為了我心中的英雄。

貝多芬生於德國，他的祖父是波昂宮廷樂長，他常常彈奏一些活潑的樂曲給貝多芬聽，年紀小小的貝多芬聽了幾次後，竟可以彈到祖父彈的樂曲，他的祖父大喜，說貝多芬是音樂天才。可惜，他在貝多芬三歲時便離世了。然後他的父親便以嚴屬的方式強迫他長時間練習鋼琴，想貝多芬成為「莫札特第二」。雖然過程很辛苦，可是他沒有因此而放棄自己和父親的夢想，反而更努力地練習。

貝多芬憑着自己的努力，每天不停地練習，直到他八歲時已經登台演出，十歲還發表了第一篇動人的音樂作品，十二歲時成為了一名出色的管風琴師，十三歲更擔任劇院樂隊指揮。但是貝多芬並沒有驕傲，還跟著名音樂家學習。

不幸的是，貝多芬竟然在 26 歲時患上了耳疾，但他並沒有放棄，沒有向命運屈服，當時還創作了《命運交響曲》，這首樂曲由四個有力的音符組成，貝多芬將此形容為「命運之神在敲門」。後來，病情越來越嚴重，他連一點聲音也聽不到了，他卻沒有氣餒，他以

堅強的意志戰勝了困難，創作了一首又一首好聽的樂章，而我最熟悉的是《第九交響曲》。

貝多芬這種「鍥而舍之，朽木不折；鍥而不捨，金石可鏤。」的精神正是我應該學習的，當我遇到難題時，能借助貝多芬的精神，用堅定的信念去面對挫折，用頑強的毅力去實現理想。

王紫晴　中華基督教會基華小學

我心目中有很多超級英雄，但是沒有超能力的英雄，這次我介紹一位。請你們猜猜吧！他們每天都會穿着整齊的白色衣裳，每天都要在醫院裏照顧很多病人，為他們看病。現在你們應該知道是誰嗎？正確！他們是醫生和護士。

他們無論春天、夏天、秋天、冬天，雨天、晴天、打雷、颱風，都會堅持上班去救治病人。他們每天都是早出晚歸，可能他們的父母也很擔心呢！他們每次都是用盡全力去救治病人，真的很偉大呀！

從 2019 年 12 月開始有一種變種病毒入侵香港，這種病毒的名稱是新冠肺炎（疫情），這種病毒令香港每天都有幾十萬人確診，包括嬰兒、兒童、青少年、成年人、老人家等，醫生和護士每天救治一個人又一個人，可能連吃飯的時間都沒有呢！每天都要盡心盡力、手忙腳亂去救治病人，每天通宵達旦去救治病人。從每天幾十萬人下降至幾十人，終於在 2023 年 3 月開始不用規定戴口罩了！醫生和護士們終於可以好好地睡一覺了。

醫生和護士們每天都日以繼夜地工作，讓我們為這些偉大的英雄致敬！

簡韻晴　元朗公立中學校友會小學

　　說到英雄，甚麼才是真正的英雄？你以為懂的飛上天空那些才算得上是英雄？還是跟怪物打架的那些才是英雄？又或者是保家衛國的士兵？這通通都不是，我心目中的英雄，只是一個平平無奇的一個鄰居——小白。他家境清貧，是一個真真正正的「窮光蛋」，只能勉強地維持生計，但他的一顆善良的心，他做的每一善事，他的一句溫柔慰問，令他得到了無價的友誼和富裕的心靈。他永遠是我心目中最品格高尚的「無名英雄」，你心目中的英雄又是誰呢？

　　一個風和日麗的早上，小白精神奕奕地準時上班去。這時，他看見一個白髮蒼蒼，臉色蒼白的老婆婆正吃力地推着載滿紙皮的手推車，她滿頭大汗，步履蹣跚的，像是快要跌倒了似的。於是，善良的小白動了惻隱之心，自告奮勇去幫助老婆婆，老婆婆感激不盡，向他連聲道謝，「舉手之勞而已！」小白說着，一邊幫老婆婆拾回紙皮，一邊將一包紙巾遞給她，老婆婆感動得熱淚盈眶，便說：「謝謝你，年輕人！」小白只是點了點頭，微笑。正當他們談天說地時候，已經到達紙皮收集的地方了，小白只好依依不捨地繼續上班去。

　　日頭高照，哎呀，太陽也曬到屁股了！小白到「大排檔」用膳，他的肚子咕咕叫，他迫不及待地點菜去。過了一會兒，香味四溢的雞髀飯出爐了，令人垂涎三尺。正當小白吃得津津有味時，一隻瘦骨如柴，可憐巴巴的小狗搖頭擺尾地走過來，用可憐的眼神央求小白，於是，善良的小白把美味的雞髀遞給他，小狗猶豫了一會，便狼吞虎嚥地吃了起來。小白十分同情一些窮困，沒有人幫助的人，一聲嘆息，問：「為甚麼世上有這麼多不幸的事？」

　　正所謂：「助人為快樂之本」。日落西山，小白疲憊不堪，拖着

疲倦的身軀，踏上回家的路途，不遠處，一對乞丐母女跪在路邊，衣衫襤褸的她們雙手合十，旁邊有一個紙牌寫着「籌募學費」。小白看見後，便義不容辭地在他的破舊口袋裏，掏出他的所有金錢，他看了看，便施捨給他們，乞丐母女感激不盡，含着淚地向品格高尚的他道謝。

日復一日，小白仍然堅持日行一善。他跟婆婆成了忘年之交；小狗成了他的守護犬；乞丐女孩得到接受教育的機會，還名列前茅呢！而這個「無名英雄」永遠存活在我的心中，亦令我明白到助人要從日常小事做起，不因善小而不為這個道理。

郭泇錤　元朗公立中學校友會小學

說到英雄，言人人殊，人們認為要有着偉大的事蹟，才是真正的英雄，但我並不認同。我心中的英雄，沒有多麼偉大的事蹟，也不是那麼家喻戶曉，更不求有一天能被人們稱為英雄，只是在默默無聞地做着平凡而偉大的事情。

他是個平凡人，不論甚麼時候，他眼睛總是笑意盈盈的，展露出猶如冬天太陽般溫暖的笑容。每次見到他的笑容，我心裏都有一股暖流。他是我的盡責園丁，用心地培育着我。他工作繁忙，每天摸黑起床上班，夜幕降臨回家，但他會犧牲自己的休息時間來陪伴我學習。我像是一張空空如也的白紙，但在他的循循善誘下，我變得多姿多彩，五彩斑斕。他是我的心靈醫生，總是安撫我受傷的心靈。每次遇到挫折、失敗、困難的時候，他總會在我身邊鼓勵、支持、勉勵着我，往往在他的開導下，所有問題都能夠迎刃而解。

他是我的守護天使，讓我在安全而健康的環境下成長。他每天

努力工作只求我生活無憂無慮；他每天煮一桌佳餚只求我每餐溫飽；在他無微不至的照料下，茁壯成長。

這位在我心中的英雄是誰？他是我的爸爸。

爸爸是春天的陽光，柔和地照耀着我的身軀；是夏天的涼風，把我心中的煩惱吹走；是秋天的落葉，引領我走向正途；是冬天的暖爐，溫暖着我的心。

蘇雨白　東華三院鄧肇堅小學

說起英雄，人們都會聯想起一些大名鼎鼎的，為人犧牲的英雄，而在我心中真正的英雄是 —— 消防員。他們在大火中英勇無懼，讓身處險境的生命能夠脫離危險。如遇到危難的情況或發生了火災，大家便會馬上想起他們。

記得有一次，我去同學家玩，快到同學家的時候，看到一棟樓底下有很多人圍觀，還有幾輛消防車停在外面，多名消防員拿着水喉，飛快地往大廈裏衝。我抬頭一看，四樓的窗戶正往外冒着濃濃的黑煙，忽然，一陣哭聲傳來，一對父母坐在地上，男的淚如雨下，女的更是嚎啕大哭。這時候，樓梯通道上傳來了急促又穩重的腳步聲，那對父母抬起頭，眼中充滿了希望，但又好像害怕自己接受不了接下來的事實。腳步聲越大聲，那父母就越緊張，所有人都把目光集中在黑黑的樓梯口。那時，除了樓下的哭聲，再沒有其他雜聲。

緊接着，我們看到了一個龐大的身影，只見一名消防員抱着一位小女孩，小女孩縮着身軀，嘴裏不時傳來「咳……咳……」的聲音，那父母像是看到了新希望，跑過去抱着孩子，那名消防員看着這個家庭團聚，臉上的疲憊也展露出笑容，那位父親也連連對消防

員道謝，但消防員們顧不上說話，又馬上衝進了大火之中，繼續拯救身在火災中的居民。不到五分鐘的時間，就傳來火警已經被撲息的消息，大家懸着的心也都跟着放了下來。

看到這裏，我心裏感嘆道：「原來我們社會中的平安都需要有這班『英雄』保護的，我們真應該謝謝他們。」等我再趕到朋友家的時候，早已經過了我們約定的時間，我將這場火警以及我的所見所聞一一向朋友講述，大家聽後都十分感動。

這就是消防員，一個在火海中與死神對抗的人，是他們才有了我們現在安穩的幸福生活。

連鎧晞　德信學校

我最喜愛的英雄是誰呢？她就是我的媽媽了。為甚麼我會說媽媽就是我的英雄呢？請聽我娓娓道來吧！

記得我在五歲的時候，我突然發起高燒來，媽媽急得心亂如麻，早上她帶着我去看病，晚上她陪着我在睡覺，而且更給我定時探熱和餵藥，她對我悉心的照料，令我深深感受到那份無微不至的愛。

另外，我自小體弱多病，有見及此，媽媽不但從飲食着手，烹調出健康的食物；又帶我去著名的中醫求診，用中藥調理身體；更鼓勵我多做運動，參加了游泳訓練。經過飲食、中藥調理和運動強身健體後，我身體慢慢強健起來，少了很多病痛，都有賴媽媽多方面細心的照顧。

此外，在學業方面，媽媽也十分緊張，除了鞏固我的基礎外，更強化我的不足之處，安排適合的補習班給我，例如英文班、普通

話班，更向我分析我的學習情況，令我明白自己的長短加以改善。在課外活動方面，媽媽也為我安排鋼琴班和繪畫班，用音樂同畫畫培養我其他方面的興趣，從而多方位發展。

在五年級時，媽媽更鼓勵我參加學校歌劇團和副社長選舉，令我增加不少自信心和社交能力，更為我的學校生活增添上更多的姿彩。在任職副社長一職時，令我眼界大開，更從多方位思考問題，面對別人時要易地而處地為他人設想。

總括而言，媽媽是我最喜愛的英雄，她有愛心、有耐性，心思細密，處處為人設想，在我危難時拯救我。媽媽，我不會辜負你對我的期望，我一定會做一個有承擔、有責任感的人。

龔星文　寶血會思源學校

世界上有很多不同的英雄，有的是電影中的英雄，有的是愛國英雄，有的是日常生活的英雄，而我最欣賞的是心繫社稷的民族英雄林則徐。

林則徐在 21 歲時擔任海防同知，那是一個專管海防事宜的官職。後來，張師誠招他成幕僚，還將自己的經驗傳授給他。後來，林則徐被派了去鎮壓海盜蔡牽。儘管他因覺得官場黑暗而罷官，但 3 年後，他在朝中其他官員的斡旋下復官了，並擔任江蘇按察使，負責裁決案件。由於他為人公正，被民眾讚頌為「林青天」。

後來，他又到雛縣當官，負責治水。雖然他不擅長治水，但他慢慢學習、累積經驗，最後他在治水方面的經驗便日益提升了。

當時，西方商人運送鴉片到中國，而鴉片是毒品，會令吸食者上癮及變得虛弱，嚴重影響健康。林則徐當時被朝廷委任為兩廣總

督到廣州禁煙，他見到很多人吸毒，又不惜一切去買鴉片，這情境令他感到十分痛心。另外，民眾購買鴉片會令白銀流出，影響國內經濟。林則徐心想：「鴉片危害我國，我一定要把它銷毀。可是，如果把它們直接用火燒掉，就會產生鴉片的煙霧，殘渣也會蝕在地下，吸毒者只要挖出多餘的鴉片，就能夠吸食。」所以林則徐想到利用「海水浸化法」，首先在沙灘上挖了兩個洞去注水，然後加入石灰溶解鴉片，最後才把水排出海。這樣就不會令吸毒者繼續吸毒。這時，英國本土得知林則徐的銷煙行動後，便非常憤怒，馬上攻打清朝，史稱「鴉片戰爭」。

由於北方的朝廷輕視西方的力量，並沒有做好防守，西方軍隊因此攻克天津，清廷最終輸掉了第一次鴉片戰爭，而他因戰敗被遣到了新疆。最後，他於廣東省普寧縣逝世，終年 65 歲。

我非常欣賞林則徐，因為他知道鴉片不但影響人民健康，又會令白銀流出海外而影響國家經濟，所以他便馬上在廣東行動，迫使外商交出鴉片。決定銷毀鴉片時，他選用了「海水浸化法」來盡量減低對民眾健康的影響。以上例子說明了林則徐非常注重公眾的利益，沒有因一己私利而接受十三行的不銷煙賄款。

除此之外，他看見西方攻打中國時，他心繫國家、守護國家，不但沒有投降，反而在身處的南方盡力做好防守，繼而令西方船隻追到北方。只可惜中原看小了西方的力量，沒有做防衛，最後清朝仍是戰敗了。

以上兩個原因都令我覺得林則徐是一個真正的民族英雄，我們應該好好學習其愛護家國、無私愛民的精神呢！

陳映菡　香港教育大學賽馬會小學

　　想必大家都有一個心中的英雄，這個英雄可以是一個現實中的人，一個小說中的人物等等。相信很多人都會聯想到孫悟空、二郎神、趙雲等等。但在我的認知裏相對有些特殊，我覺得我心中的那個英雄是曹操，雖然很多人稱曹操為梟雄或奸雄，但是他也做過很多令人可以稱他為英雄的事跡。

　　在我的閱讀記憶中，一是屯田制，也就是曹操在北方時借鑒歷代政府採取的農耕制度。它的好處是能讓百姓和軍人吃上飯（因為當時東漢處於分裂狀態，大家都在打仗，沒人種田，所以很多百姓沒飯吃。）剛開始是軍屯，也就是兵打仗的時候打仗，不打仗的時候種田。屯田制是曹操提出來的，原因是曹操剛把青州地區從黃巾軍手裏收復回來，剛好可以用來種田。黃巾軍投降的人數，加上他們的家人，總共就有上百萬人，而且他們還有很多農耕用的工具，耕牛也有很多。既然甚麼都有，那為甚麼不屯田呢？曹操後來把軍屯改成了民屯。因為當時民多軍少，有了足夠糧食才有足夠的兵力，以至於最後的農民起義（呂并起義）使民屯又換回了軍屯，也沒受太大的影響。這在當時的亂世算是權宜之策。

　　二是用人唯才，在當時，只要有才能，即使是布衣，曹操也會注重提拔他。這樣的好處在於不論他是否有錢或出身不好，只要你有才幹就有機會報答國家。即便是敵人的猛將，曹操也十分喜愛。例如：關羽、顏良等等。回顧我閱讀過的《短歌行》裏「青青子衿，悠悠我心」就能看出曹操有多麼渴望賢才。

　　三是打壓豪強。其實這個和用人唯才不無關，因為在東漢末年漢靈帝的時候，就有賣官，最高連三公（當時是重要的三個職位）都能買到。可是曹操不同，我們之前說過，即使是布衣，只要有

才幹，曹操一樣可以任命他，反之，有財無能的庸夫俗子會被拒之門外。

以上三個方面，我認為曹操不論從膽識、謀略、愛才和惜才，都足以讓他在我心目中樹立起英雄的形象。

曹敏睫　大埔舊墟公立學校（寶湖道）

在你的生活中，誰是你心中的英雄？在我心中的英雄，卻是一位寂寂無名的消防員……

在一個烏雲密佈的晚上，我正在床上呼呼大睡，當我睡得正香時，忽然聽到有人大叫：「着火了！救命呀！」我被吵醒了，當我知道家裏發生火警時，被嚇得面色蒼白。當我拿起濕毛巾和電話，打算逃出房間時，卻發現房門不知道是被誰反鎖了！我被嚇得哭了起來。在這一刻，哭聲、喊聲、外面的警笛聲……一切的嘈雜聲夾雜在火場中，人們的恐怖感被無限放大，黑暗中的紅光，如同死神的倒數計時一樣召喚着火場上的人。

我坐在窗邊的角落，一邊哭着，一邊發着抖，一邊祈求着上天保佑我。可惜，火勢不但沒有減弱，還變得越來越大。啪的一聲，那條憤怒的紅色巨龍打破了房門，闖了進來。它肆無忌憚地擴張它的爪牙，彷彿要把一切都覆蓋在它統治之下。雖然，火焰離我並不近，但我知道，把房間整個燒掉，也不過是時間上的問題……

在這千鈞一髮之際，忽然有一雙溫暖的手把我抱起，我驚訝地抬起頭，發現一名消防員把我抱了起來。只見他緊緊地抱着我，生怕我掉下來。忽然，一塊木頭從高空中掉了下來，重重地壓中了他的小腿。他的褲子立即染上了一陣鮮血，但他的眼神卻沒有一絲

猶豫，他把我送到地面後，就把一顆在月光下看起來閃閃發亮的糖果給我，他告訴我：「如果你不哭的話，我就把這顆糖果給你哦！」我無言地點了點頭，說着，他便再次奔回火場，我呆呆地看着他的身影，淚水不禁奪眶而出，眼前的影像也變得一片模糊。我邊哭邊吃糖果，我從來沒吃過這麼甜的糖果，它彷彿一點點地融化了我的心……

從此以後，他在我心中有了一個不小的地位。他無私的付出和勇敢的精神十分值得我學習和尊敬。他不但是我的救命恩人，還是我最尊敬的人。我長大後也要成為一個為社會付出的人！我最尊敬的無名英雄，謝謝你！

謝皚澄　大埔舊墟公立學校（寶湖道）

在我心中，最偉大的英雄是我的媽媽。她是我人生中最重要的人，也是我最敬佩的人。

我的媽媽是一位溫柔但又很堅強的人，她為我們的成長付出了很多努力。她每天很早起床為我們準備早餐，送我和弟弟去學校。她總是關心我們的飲食和健康，確保我們吃得營養均衡，身體健康。

除了照顧我們的日常生活外，媽媽還是一位出色的家庭經理人。她能夠高效地管理家中所有大小事務，令我們的家時刻都井井有條。她教會了我許多生活技能，如洗衣、做飯等。她總是鼓勵我去嘗試新事物，並給予我很大的信心，令我縱使面對困難的事，也相信自己能夠做得到、做得好，她令我有勇氣去解決所有問題。

媽媽不僅在生活上給予我無限量的支持，她也是我的情感支柱。無論我遇到甚麼困難或挫折，她總是在我身邊，給我鼓勵和安

慰。她是一位傾聽者，總是耐心地傾聽我分享自己的喜怒哀樂。她的理解和支持給了我很大的勇氣和信心。

媽媽還是一位善良和樂於助人的「天使」。她時常關心別人的需要，樂於幫助有需要的人。她常常在學校當家長義工，協助學校推廣活動。媽媽令我領略到關愛他人和樂於奉獻的重要性。

媽媽是一位註冊會計師，一位職場上的女強人，但媽媽為了能夠有更多時間陪伴我們成長，毅然放棄了她那多姿多彩的生活及成功的事業。朋友們經常為她的決定而感到不解及可惜，可是媽媽說這是她人生中最重要及明智的選擇，她慶幸自己過去的努力能令自己有足夠的資本去選擇她想走的人生路。她教曉我學習及工作的真正意義：不是為了賺取更多財富，而是獲得更多的選擇權利，去走自己想走的路。

總的來說，我的媽媽是我心目中的英雄。她是一個全能的人，無論是在家庭生活還是在社會中，她都是一個值得敬佩和學習的榜樣。我希望將來能夠像媽媽一樣成為一個有愛心、勇敢和堅強的人。我愛我的媽媽，她永遠都是我心中最偉大的英雄。

何棨政　大埔舊墟公立學校（寶湖道）

大部分人心中的英雄，都是有着無窮力量，有着厲害的超能力，有着看穿他人的本領……但是，我心中的英雄卻是與眾不同的，她就是從我嬰兒時期已經照顧我的外婆。

外婆年屆 70 有多，頭上長滿了蒼蒼的白髮，歲月雖然在她的臉上留下了許多足跡，但她卻依然幹勁十足，走起路來更是健步如飛，絕對不遜色於任何年輕人呢！

外婆為人善良體貼，從不與人斤斤計較，有時候我家有地方髒了，她會為我們清潔打掃。在媽媽忙碌的時候，她更會為我們做飯，而她那非凡的廚藝真是十分了不起，讓我們每次都吃得津津有味，齊聲叫好！

外婆也是一個節儉的人，她的生活十分簡樸，亦從不浪費食物，她說：「做人須有衣食，切勿暴殄天物。」對於金錢的運用，她更是本着「應用則用，無謂的不會胡亂花費」的原則。

除了爸媽以外，外婆就是我的另一盞明燈，她經常教導我處世做人的道理，常說：「人生少不免會遇上挫折或失敗，我們必須勇敢面對，克服困難，絕不能輕言放棄。能夠力爭上游的人，才可稱為人上人。」

雖然，外婆並沒擁有一般大眾人士心中的超能力，但是，她比那些不切實際、幻想出來的英雄人物，更為實在，更為真實。她對我的愛就如滔滔大海一樣，無窮無盡，就算外婆現在已經不在人世，但她那愛的種子卻一直藏在我心裏，正在萌芽長大。她⋯⋯就是我心中不屈不撓的英雄。

金子尤　光明學校

世界上所有人都可以自稱為英雄，但不是所有人都配擁有「英雄」這個稱號。我家裏就有一個英雄 —— 我的媽媽。我的媽媽長得很漂亮，有一頭烏黑濃密的長髮，當然也有幾縷歲月熬出來的銀絲。媽媽還長着一張圓圓的臉，上面有一雙水晶晶的大眼睛，眼睛下面有一個扁鼻子，很是可愛。鼻子下面還有一張經常嘮叨我的嘴，她的脾氣不是很好，一旦發起火來，誰都勸不住呢！

記得在我 5 歲的時候，廚房的一個水管開關掣突然壞了，水爭先恐後地沖出來，我十分徬徨，更哭了出來。可是媽媽卻非常冷靜地用強力膠紙把水管破爛的位置黏着，就把水暫時止住了。她的鎮靜讓我十分崇拜，也讓我明白有危險時驚慌失措是沒有用的，後來我們急着用水，但因為爸爸不在家，所以媽媽堅持自己維修水管。媽媽維修途中，我發現她的手指受傷了，立刻以百米衝刺的速度跑去拿膠布幫媽媽貼上。我叫她不要繼續維修了，可是她說：「如果不快點維修好，你今天晚上就沒飯吃了。」接着，媽媽便咬着牙繼續維修。我被媽媽的堅強深深地打動了。

小時候，我住在村屋，一下雨地上就會有青蛙、蟲子等等昆蟲出沒。因為我害怕，所以媽媽就會背着我，一步一步艱辛地走回家。有一次她為了背我，不小心淋了雨感冒，那時候我還小，內疚地在床邊抽抽搭搭地哭，媽媽笑着說：「傻孩子，我沒事，過兩天就康復了，快去睡覺吧，你明天還要上學呢！」自此之後，我就決定了長大後要好好回報和照顧媽媽。

平凡生活中隱藏着一份愛，那就是母愛，堅定而深沉。媽媽是個太陽，溫暖着我的心。我的媽媽也是個英雄 —— 我心中的英雄。

李千千　光明學校

世界上從來沒有從天而降的英雄，只有默默地守護在我們身邊的凡人。這些凡人披上了白袍，成為了許多家庭的救星，成為了拯救生命的天使，成為了我心中的英雄。

2019 年，當我們面對來勢洶洶的疫情，身邊不斷地湧出一個個平民英雄，拯救我們於水火之中。在疫情初期，是他們日以繼夜地

工作來救治了千萬人的生命，是他們奮不顧身，堅守崗位，是他們默默地付出，疫情才有了些微的好轉。那些奮戰在抗疫一綫的醫護人員也正在用生命來守護生命。

當疫情有好轉時，「流感」又爆發了，令到原本糟糕的局面更為嚴峻，這些醫護人員面對着這雪上加霜的情況，頂着疲憊不堪的身軀，合力對抗這讓人束手無策的狀況。

新聞上的報道我還歷歷在目，畫面中的醫護人員處變不驚，有條不紊地處理着突發病情，而他們的無私奉獻讓我敬佩不已，他們配得上這英雄二字。

如今，看着街道上行人的笑臉，我知道這些英雄打敗病毒，打勝了這場仗，立下了汗馬功勞。我們現在的優越生活也不是垂手可得，是他們用自己的血肉築起了一道道城牆，守護着我們。這些平凡的百姓，他們和死神搶人，與時間做鬥爭。幸運的是，他們勝了，我的嘴角也隨之上揚。

我敬佩着這羣醫護人員，他們是我所敬佩的人，是我心中永遠的英雄。

黃建鋒　光明學校

你們知道甚麼是英雄嗎？英雄不一定是有超能力，而是一種力量。我心目中的英雄，就是陳伯伯。

陳伯伯家境清貧，一貧如洗，每天到街上撿拾可回收物品，勉強可以維生計。起初，我對他的印象一般，但當我目擊兩件事後，我對他改觀了。

兩個月前，陳伯伯照常到街上巡視。他看見一個白髮蒼蒼，步

履蹣跚的老婆婆吃力地推着「小販車」正走在一條微微向上的斜路，上氣不接下氣，滿頭大汗的樣子。陳伯伯看見，動了惻隱之心，二話不說地上前幫忙。婆婆一邊連聲道謝，一邊給他一些食物以表謝意，陳伯伯不但沒有收下，還說：「這只是舉手之勞。」然後轉身離開。

有一次，陳伯伯坐在街上一旁休息時，看見一個小女孩正四處張望，同一條街道來來回回走了很多遍，雙眼紅紅，很是緊張的樣子，陳伯伯便開口問小孩：「你發生了甚麼事啊？是不是在找東西？我看見你走來走去十多次了。」女孩哇哇大哭起來，說：「我的錢包掉了，我在找我的錢包。媽媽給了我一個月的中午飯錢，全部都在錢包。」說完，女孩哭得更厲害了。陳伯伯和藹地說：「孩子，你不要太緊張，我今天中午剛巧撿到一個錢包，是粉紅色的，我把它送到警察局裏，你可以去看看是否你的！」女孩連忙點點頭，說：「我的錢包正是粉紅色的！謝謝您啊伯伯！」小女孩便急步往警察局方向走去，消失在這條路中。我被陳伯伯路不拾遺的精神深深感動，因為他親切地照顧了小女孩十分焦急的心情。

經過這兩件事後，我明白到一個道理：助人要從日常做起，千萬不要因「善小而不為」！

陳思瑤　香港青年協會李兆基小學

每個人的心目中都有一個屬於自己的英雄，他也許是捨己為人的消防員，也許是救死扶傷的醫生……而我心目中的英雄是諄諄教導我的班主任——周老師。

周老師的外表嚴肅，不拘言笑。只要她一踏入課室，原本鬧哄

哄的課室頓時變得鴉雀無聲，同學立刻默不作聲，專心致志地聽老師講課。

記得有一年暑假，學校舉辦了一個遠足活動。當同學們得知是周老師帶隊後，都私下裏悄悄抱怨：「完蛋了，這次的旅程肯定非常沉悶呢！」

轉眼間便到了出發的日子，那天陽光普照，天朗氣清。我們乘坐旅遊車到達目的地——大埔滘自然護理區。我們在周老師帶領下，一路歡聲笑語，沉浸在大自然的美景中。山路兩旁的花兒姹紫嫣紅，芳香四溢，鳥兒們唱着悅耳的歌曲，似乎在歡迎我們的到來。

可是當我們走到半山腰時，原本紅日高照的天空，突然烏雲密佈，大雨滂沱而至。慌亂中有一位同學因為路面濕滑，重重地摔倒在地上。周老師連忙跑過去接應他，情急中還被路旁的樹枝擦傷了手腳，但周老師全然不顧自己的傷勢，一路攙扶着同學來到涼亭前。周老師毫不猶豫地把雨傘借給學生，以至於自己變成「落湯雞」。

當她發現有一位同學沒有帶外套，縮着肩膀躲在一旁瑟瑟發抖時，又連忙脫下自己的外套披在她身上。避雨期間電閃雷鳴，我們都嚇得驚慌失措，周老師便說起笑話來分散我們的注意力。

第二天，同學們發現周老師沒來上課，得知她由於被雨淋濕而病倒後，大家都默不作聲，心裏十分難過。

周老師這種對工作盡職盡責，對學生充滿關愛，以及在關鍵時刻不顧個人安危保護學生的形象深深地留在了我的腦海裏。周老師，你就是我心目中的英雄。

溫美程　東華三院鄧肇堅小學

　　每個人心中都有自己的英雄，我心中的英雄是不怕困難，不顧自己，為保護人民免受毒品傷害的緝毒警察。

　　「冰毒」這有害的「食品」，除了會使吸食的人上癮外，還對身體造成十分大的不良影響，但它離我們的生活也不遠。它是毒販產生的一種「產品」，毒販把這可怕的「魔爪」伸向了一羣無辜的家庭，幸好有一班願意奮力保護市民，運用智力與毒販「作戰」的「緝毒警察」，使我們脫離了毒販的爪牙。

　　每年的 6 月 26 日是「國際禁毒日」，據統計，全世界每年有十萬人，因毒品失去生命，一百萬人因毒品喪失工作能力，毒品迅速發展，威脅人類社會，因此中國與緬甸、老撾、泰國等製毒、販毒問題嚴重國家，開展了各項合作，採取聯合緝毒、犯罪交流等政策，希望能打擊毒販。

　　緝毒警察是一項十分重要的工作，需要有一顆不畏懼的心打擊毒販，即使身處險境，仍全力以赴，堅持緊守他們的崗位，與毒販勢不兩立，毫不退縮，為的只要拯救更多受毒品影響的家庭。電視劇裏也有演出，毒販狠狠地折磨他們，即使犧牲自己的性命，也要對抗可惡可憎的毒販，現實中，環境可能更危險，緝毒警察是我心中的英雄！

鄧子熹　東華三院鄧肇堅小學

很多人心中都有英雄，而我心中的英雄是我媽媽，雖然她沒有披着超人的披風，但她卻有比超人更大的力量。

每天清晨，媽媽已經忙碌地為我們預備早餐，送我回校後，回到家中，便開始整理家中的大小事務，讓家人回到家中，有一個整齊舒適的環境。中午又到不同地方，按着家人的喜好，預備晚餐等。每天為家庭付出，卻沒有半聲怨言。

媽媽除了擁有非凡的能力外，她還有一夥包容的心，並用她無限的愛，一直教導和守護着孩子。這個階段的孩子十分容易犯錯，雖然媽媽也會對我的過錯感到失望和憤怒，但她從沒有因此放棄我，總是理解我犯錯的原因，對我循循善誘，教導我可以如何改善我的問題和態度，把我從錯誤的軌道中拉回正軌。

當然，媽媽也有她平凡的一面，雖然她沒有把手一揮，就變出美味佳餚的能力，但我覺得平淡也是一種幸福。每天能吃到媽媽辛勞地到菜市場選購，然後回家精心炮製的飯菜，飯後一家人平平安安坐在沙發上看電視或一起到樓下散散步。這時，我的「超人媽媽」終於可以卸下壓力，休息一下了。希望將來我也可以成為她心中的英雄兒子照顧她，媽媽永遠是我心中的英雄！

陳珞峰　德信學校

英雄是史上最偉大的救星，有些英雄他們用超能力來拯救人們；有些英雄用他們獨有的能力去拯救人們，所以英雄是很令人尊崇的！我心中的英雄擁有廣闊的胸襟、強壯的身形、靈活的動作、

聰敏的腦袋，大家可以猜到我心中的英雄嗎？

沒錯，我心中最喜歡的英雄是鐵甲騎士。第一，他擁有超能力令人目不暇給，因為他的手可以發出一些強大的風，這些風可以用來阻擋和守護別人；第二，他的盔甲上有一盞涼涼的燈。當黑暗時，他會把燈亮起來，方便他去進行任務；他的手和腿也很靈活，他不但能跑得快，而且腦袋也很靈活。人們遇上困難時，他亦可以在一秒內解答別人的問題去解決困難。

他也非常善良，記得有一次有同學被欺凌，幸好那是鐵甲騎士出現在同學身旁拯救了他，當時他用他很強的風來阻擋他們，再狠狠地責罵他們，讓他們明白到做壞事的後果以及所帶來的嚴重性。

鐵甲奇俠有時也會很兇惡，有一次考試時同學作弊，鐵甲奇俠知道後感到非常失望和憤怒，他把同學狠狠地罵了一頓及教導同學正確的態度。

其實每個人心目中都有不同的英雄，只要英雄是代表了勇敢、樂於助人、心地善良，英雄是我們要學習的對象啊！

曾巧妍　九龍塘學校（小學部）

相信有不少小孩心目中的英雄一定是美國隊長，鐵甲奇俠，或是神奇女俠，但我心目中的英雄並不是甚麼拯救世界的人，而她就是我的媽媽。

當我有一次生病發燒，我的媽媽不但沒有對我棄之不管反而悉心照顧我，她為了照顧我兩夜不眠，一直為我留意體溫，還邊哄我睡覺邊喂我吃藥，但她一句也沒有抱怨過，反而安慰我，說：「女兒，很快便會痊癒了。」令我重拾信心戰勝病魔。

當我遇到甚麼困難時，她總是不慌不忙地幫我解決。總是在我需要的時候幫我一把。是她，在我生病時陪伴着我；是她，當我遇到困難時一起陪我並肩作戰；是她，無論我遇到大大小小的困難她都能一一幫我解決。

在每一次留校的中午，她都不辭勞苦地為我準備午餐，還把午餐送到校門口，不讓我為了午餐而煩惱。在我上課的時候，她都會把家務做得井井有條，雖然累，卻從不對我埋怨。每當看見我的衣服破了，總在第一時間將破口縫補，讓人看不出有一點曾經破損的痕迹。

她，總是在我一旁督促我做作業，不讓我偷懶。我有難題時，她就像一本活字典，指導我，讓我改正。她也不曾給過我任何壓力，讓我自行選擇想走的路，而她，卻在前面為我鋪路。

當我做錯事時，她不打也不罵，只會用溫柔的聲音勸導我，不讓我步入歧途。在我害怕的時候，她總是在一旁溫柔地說：「不要怕，要堅強，記得，我就在你的身邊！」

在我的記憶裏，她總是微笑着的，但是，我知道有時候，她也會感到傷心、難過，甚至會在被窩裏偷偷的哭泣。因為，人總會有七情六慾，她只不過是為了不讓我擔心或難受，所以才一個人獨自承受而已。

她就是我心目中的英雄，在此我想跟這位英雄說一聲「謝謝」。

張嘉容　香港青年協會李兆基小學

英雄，這個詞有一種天然的氣場，聞之令人蕭然起敬，腦海中湧出各種場景，火場裏奮不顧身的消防員，醫院裏搶救生命的醫護

人員，街道上勤奮工作的清潔工，講台上誨人不倦的老師……而我心目中的英雄則是救災行動中的士兵。

前幾天看到新聞，因為雨季的到來，內地受強降雨的影響，很多地方遭遇了洪水的襲擊，有些村莊被淹。我在電視裏看到了很多去災區支援的士兵戰士，他們冒着危險進入洪水泛濫的地區，穿過洶湧的洪水，將災民從被淹沒的房屋或汽車中解救出來。

在滔天的洪水中，士兵們毫不畏懼，為防止人們被洪水沖走，他們手拉手築起人牆，有些甚至要揹着老人和孩子拉着繩子淌過湍急的水流。雖然水位已經上升到他們的肩膀了，可是他們好像有鋼鐵般的意志，毫不動搖。有的士兵井然有序的傳遞着沙袋圍堵洪水，任由雨水、河水打濕頭髮流進眼睛。

除了救援，他們還會在安全地區建立臨時避難所，為災民提供臨時的住所和基本生活用品，確保每個人都得到適當的照顧。

雖然他們是經過訓練的士兵是戰士，但他們也是兒子可能還是爸爸，但為了國家和人民的財產和生命不受損失，他們冒着犧牲自己的危險，奮戰在救災前線，同時他們的英勇行為也為災區居民帶來了希望和安慰。我們應該為這些救災士兵表示敬意，他們是我心中當之無愧的英雄。

開心香港

林曉澄　聖公會置富始南小學

　　我認為香港是全世界最開心的地方，因為這裏不但風景美麗，還處處充滿熱鬧而且和平的氣氛。

　　首先，我來說說香港的美麗風景。香港是一個國際大都會，城市建設發達，有很多美麗的建築物，風格有現代化的，還有古色古香的，例如香港會議展覽中心、西九龍戲曲中心和前港九鐵路鐘樓、美利樓等。很多遊客到訪香港，都會在此留影，並對此讚歎不絕。毗鄰香港市區，到處都是美輪美奐的自然景觀，美麗的海灘多不勝數，島嶼景觀奇特，奇石令人驚歎。大家不妨到訪東龍島、東平洲等，你一定會讚歎那裏的景觀，一定會讓你覺得很開心。

　　其次，香港是一個繁華都市，處處都充滿開心熱鬧氣氛，街道、商場、食肆人來人往，熙熙攘攘，開心笑語聲不斷。香港不同地區都有不同的遊樂設施，例如：杏花新城的童遊大世界，它是一個二千呎室內的令人開心的遊樂場；南區的海洋公園，是一個又刺激又開心的超大型戶外遊樂場；香港迪士尼樂園，位於大嶼山，是一個有很多很熱情的卡通人物的開心樂園，香港是不是一個很令人開心的地方？

　　最後要說香港是全世界最和平的地區之一。在香港，人們可以自由自在出入，不用擔心街道上有小偷，搶劫犯等，如果大家需要幫助，香港警察會在我們身邊保護我們。香港人都很守秩序，做甚麼事情都會排隊，坐巴士排隊，坐電梯排隊，進入店舖也會排隊，大家都不會故意插隊，我認為這樣的行為就是和平，這和平會帶給我們快樂，令人們覺得香港是開心的。

　　請我們要保護好這個開心香港，不亂拋垃圾，愛護環境，保護美麗的香港風景。請大家繼續遵紀守法，令香港繼續和平穩定，熱鬧開心。

趙月華　光明學校

　　我們居住在一個快樂和安全的城市，這個城市就是香港。香港在各方面都有一羣英勇的人守護着，令大家居住得安心和快樂。

　　那麼在各方面，有甚麼人在守護着我們呢？首先，在衛生和健康方面，有清道夫和醫護人員守護着我們。清道夫為我們清洗街道和清理垃圾，減少了細菌傳播疾病的機會。而醫護人員為大家治療疾病，阻止病毒不斷擴散的風險。清道夫和醫護人員無懼細菌會令他們生病，全心全意地守護着大家，防止細菌傳播到我們身上，讓我們可以健康地生活在乾淨的香港，他們真的十分勇敢！

　　然後，在治安和救援方面，有警察和消防員守護着大家。警察屬於治安方面，他們為大家維持公眾秩序、破解罪案和拘捕犯人，令香港成為一個更安全的城市。而消防員則屬於救援方面，他們為大家撲滅火災、救出被困火場的人。消防員還會在發生天災時進行救援，減少了人命傷亡和財產的損失。警察和消防員不怕工作時會有危險，盡忠職守地守護着大家，防止罪案、火災和天災在社會上造成的損失，讓大家可以安居樂業，他們真的非常英勇！

　　另外，在心理健康方面，有社工和心理輔導員守護着我們。社工為我們提供諮詢和幫助，解決不同的問題，減少了大家的煩惱。而心理輔導員為我們開解個人情緒和壓力，尋找問題的解決方法，讓我們可以生活得更無憂無慮。社工和心理輔導員不怕客戶會因情緒作出傷害行為，繼續守護和幫助大家，防止大家的負面情緒和壓力造成社會上的負面氣氛，令大家可以在充滿正能量的香港過着沒有憂慮的生活，他們真的很勇敢！

　　香港在各方面都有一羣英勇的人守護着我們。他們令大家安心，居住得快樂。香港有這羣勇敢的人，大家都生活得十分愉快。香港真是個開心和安全的城市！

鄧蓓姿　元朗公立中學校友會小學

經歷了三年多的疫情，香港從陰霾走出來了，街上的市民亦開始將伴隨着我們的口罩除下，重新在他們的臉上看到笑容和希望，令香港逐漸回復過往開心、幸福的一面。

我記得在疫情前，爸媽雖然工作都很忙，但也可以在長假期帶我和弟弟出外旅遊；但疫情期間，非但沒有旅遊，曾經連一家人走到街上也受到限制；香港充滿着負能量。現在復常了，市民都迫不及待在週末走到街上遊逛，到食肆大快朵頤，也有一些市民趁暑假到外地旅遊，國內遊客也來消費了，外國遊客也來遊覽這顆「東方之珠」。政府及市民一起將香港帶回昔日的繁榮。

要將香港回到昔日「開心香港」的景象，必須大家羣策羣力才能成功。「開心香港」不只是一個口號，要大家將經濟、生活水平、工作及居住環境、社會氣氛等一併考慮和經營，才能造出成果。

香港經歷過很多次逆境均能否極泰來，香港人樂觀、積極的精神，令香港在逆境後更加繁榮，市民生活更加愉快。所以，「開心香港」的氣氛和景象指日可待，相信也不遠了。

徐柏耀　滬江小學

開心香港是疫情後的首個大型活動，是政府聯同一眾支持機構在社區不同角落舉辦一系列活動，為社會增添開懷笑臉，政府啟動以市民為對象的「開心香港」活動，讓市民有多元化的本地玩樂選擇，有助刺激本地消費和經濟。

在很多活動之中，我最喜歡香港美食市集，可以吸引很多不同國籍的人來品嚐香港地道的食物，例如港式奶茶、菠蘿包等傳統食品。此外政府亦推出一些免費派發美食入場券，市民可在指定地方排隊領取，而我都不甘示弱一早去排隊換領。「開心香港」美食市集不只是香港區有參與，新界區和九龍區亦有不同主題，令市民和遊客都想起香港真是美食天堂之稱。

而香港旅遊發展局在暑假期間，於灣仔海濱長廊舉辦全港最大型嘉年華，吃喝玩樂應有盡有，這次活動我和家人都有份參與，而我從未試過在維港參與一些大型活動嘉年華，今次的「維港水上音樂會」會有來自世界各地的海外歌手及樂隊表演，令我大開眼界，同時為維港美景添加不同的氣氛及色彩，還有很多多姿多彩的「開心香港」的活動，令我期待萬分。

「開心香港」是一個讓本地人和外地人都能樂在其中的一個大型活動。這個活動不但能振興經濟，更能讓市民走出疫情，慢慢回復正常生活，普天同慶。希望政府能多舉辦這些造福人民的活動，令經濟、旅遊業等回復正常軌道，各行各業都百花齊放，欣欣向榮。

鄭家朗　寶血會思源學校

我愛我的家鄉 —— 香港，這是一個美麗而充滿活力的地方。我想告訴大家為甚麼我對香港感到開心。

首先，香港有許多有趣的地方可以玩樂。例如，香港迪士尼樂園是我最喜歡的地方之一。那裏有許多好玩的遊樂設施和迪士尼卡通人物。我可以和米奇、米妮一起合照，還可以坐過山車和旋轉木馬。每次去迪士尼樂園，我都會度過一個快樂的時光。除了迪士尼

樂園，香港還有很多其他的旅遊景點，如太平山、海洋公園和天壇大佛等。每個景點都有獨特的魅力，讓我樂而忘返。

其次，香港有很多美食讓人垂涎三尺。我最喜歡的是香港的點心，例如燒賣、蝦餃和糯米雞。這些食物味道鮮美，每次吃都讓我開心滿足。除了點心，香港還有許多其他的美食選擇，如燒鵝、海鮮和牛腩飯等。無論是在街邊小吃攤，或是高級餐廳，我都可以品嚐到各種美味的香港特色菜肴。

另外，香港的節日慶祝活動也讓我感到開心。例如中秋節，我可以和家人一起吃月餅、賞月和玩燈籠。此外，香港還有其他許多節日，如春節、端午節和聖誕節等。這些節日都有獨特的慶祝方式和習俗，讓我更加瞭解和珍惜香港的文化。

同時，香港也是一個多元文化的城市，融合了中西方的文化元素。這裏有各種藝術表演、音樂會和展覽，讓我可以欣賞到不同類型的藝術和文化。

最後，香港是一個令人很開心的地方。作為香港的一份子，我深深愛着這個美麗的城市。香港充滿活力和機會，每一天都有新的發現和驚喜等着我們。我愛香港！

林允兒　聖公會奉基小學

香港是一個輕快的城市，又是一個現代化的國際都會，散發着獨有的氣息。那高聳入雲的高樓大廈，人山人海街道，繁華熱鬧的購物中心，更有各式各樣的美食殿堂，成了我心中獨一無二的景致，使我感到開心和愉悅。

香港好像有種魔法，帶給我無窮滋味。香港被譽為「美食天

堂」，到處都聞到美食的香味。香港美食包羅萬有，有來自不同國家的特色食物，還有香港特色小吃。貪吃的我，當然喜歡品嚐各種美食吧！聞到香噴噴的，是甚麼東西？是本地小吃，讓我來介紹這些小吃——有爽口彈牙的魚蛋，配上咖喱汁，更加美味；有酥脆香口的蛋撻，金黃色的，十分鬆化。而我最喜愛吃的便是原味雞蛋仔，它還有多款口味，它盛載了許多人的童年回憶，滿載懷舊的人情味。它從小陪伴我到現在，就如我的好朋友一樣，感到很親切。

「呱…呱…呱…」這是甚麼聲音？原來是兩隻又巨型兼可愛的黃鴨正在飄過來。在十年前，只是一隻黃鴨來探望我們，今次是與另一隻同伴來的，真是好事成雙。它們胖胖的身影出現於海港邊，吸引了無數的人慕名而來，無論是小朋友、學生、情侶、旅客等，也來爭相打卡留念，連我和爸爸媽媽也一起到這裏湊熱鬧，看來它們真的十分受歡迎。它們為大家帶來了快樂，而大家更期待下一次見面時，會再有一隻小黃鴨陪伴。香港有這些活動，真是太棒了！

香港又是一個樂趣無窮的地方，有兩個主題樂園。刺激好玩的機動遊戲，精采絕倫的娛樂表演，璀璨奪目的夜間煙火，當然還有不少卡通人物和我們見面與拍照，真是拍案叫絕，歡聲四起。由早玩到晚，我都沒感厭倦。主題樂園到處充滿小朋友的笑聲、叫聲、掌聲，而我也沉醉於當中。香港真是多麼美妙。

總括而言，香港是一個繁華的鬧市，充滿着無窮的樂趣，讓我歎為觀止。每個活動也能讓我感受到開心，我希望大家也能與我一同感受這份開心香港的感覺。

鍾思涵　台山商會學校

　　我住在美麗的香港，這是一個繁華而又多元的城市。我愛我的家鄉，因為這裏有着無數令人開心的事情。

　　香港有許多美味的食物。無論是港式點心、燒味，還是各種口味的冰淇淋，都讓人垂涎欲滴。我最喜歡和家人一起去街市品嚐各種小吃，每一口都讓我快樂滿溢。

　　香港也有豐富多彩的節日活動。每逢新年、中秋節、或者是香港特有的龍舟節，我都可以和家人一起參加各種慶祝活動。我喜歡看花燈、放煙花，還可以和小朋友們一起玩傳統的遊戲，這些都是讓我開心的時刻。

　　香港是一個文化多元的城市。我們有不同的宗教、語言和傳統，這讓我們能夠互相學習和尊重。我曾經參觀過不同宗教的寺廟和教堂，了解了他們的信仰和價值觀。這樣的經歷讓我更加開放和寬容，懂得欣賞不同文化的美麗之處。

　　此外，香港同時是一個充滿機會的城市。我們有優質的教育和各種課外活動，讓我們能夠全面發展自己的才能。我喜歡參加音樂課、繪畫班和運動訓練，這些都讓我感到充實和快樂。香港也有很多公園和遊樂場，我可以和朋友一起玩耍，度過愉快的時光。

　　最重要的是，香港人是有着熱情及友善的特質。無論是在學校、社區還是街頭，我總能遇到善良的人們。他們願意幫助我解決問題，和我分享快樂，這讓我感到溫暖和開心。

　　雖然香港也面臨着一些挑戰和困難，但我相信我們有着堅韌的精神和智慧，能夠克服困難，讓香港變得更好。我愛我的家鄉，我感到開心和驕傲。香港，讓我們一起努力，共同創造一個更加美好的未來！

劉承　聖公會置富始南小學

7月23日，一個普通的星期日。早上陽光明媚，萬里無雲，我可以清晰地看到南丫島上的風力發電機在輕鬆愉快地轉動。

我準備乘搭巴士前往銅鑼灣上興趣班。這時，一輛嶄新的巴士迎面駛來，那正是我一直盼望乘搭的新車型！車廂內配有窗簾，每個座椅上都有 USB 插孔，坐起來十分舒適，我如願以償可以乘上新巴士，開心極了！

興趣班結束後，我路過維多利亞公園，遠遠看見很多穿着不同顏色球衣的青少年正在踢足球比賽。儘管天氣炎熱，球員們仍然鬥志昂揚，場外觀眾歡呼聲不斷，場面熱鬧非凡。

午餐後，我和媽媽去了西寶城觀看「瞭解香港動植物的探險之旅」。在那裏，我驚喜地看到了許多動物的模型和標本，有穿山甲，小白鷺，鈎盲蛇，東亞豪豬以及種類繁多的蝴蝶。香港有「石屎森林」之稱，可這裏也蘊含有豐富的生物多樣性，還有很多獨特而珍貴的物種居住在這個城市裏呢！

傍晚時分，我同家人到薄鳧林牧場參加「生生不息 —— 承傳薄扶林永續社區生活計劃」的草堂開放日。我品嚐了薄扶林村的特色飲品 —— 鶴佬咸茶，還學習縫製了一個裝滿艾草和檸檬香茅的驅蚊包。最讓我開心的活動是「魯班層層叠」。通過這個活動，我體驗了如何用類似磚塊的積木砌花墙。

最後我和很多小朋友一起玩水槍，打水仗……充實開心的一天結束了。

香港是一個豐富多彩，充滿活力的城市，只要用心去體驗，每一天都會有令人開心的新發現！

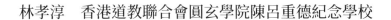

林孝淳　香港道教聯合會圓玄學院陳呂重德紀念學校

　　香港的地理位置使其成為一個國際金融中心和旅遊勝地，位於中國南部的一個特別行政區，它擁有獨特的文化歷史背景。由於香港有一部份時間是被英國統治，所以現在的香港同時擁有着中國和英國的歷史背景。

　　香港被譽為美食天堂，國際美食應有盡有，而我最喜歡的是茶餐廳的蛋撻配阿華田，濃濃的蛋香，脆脆的外皮，十分美味。而爸爸媽媽經常會帶我到茶樓，這裏各式各樣的點心，都是我的最愛。

　　香港還有不少旅遊景點，例如太平山、迪士尼樂園和海洋公園等…… 這些景點都有一定的吸引力。如香港迪士尼樂園中的卡通人物，海洋公園可以看到的水母，海星等……亦可看到陸地上的動物，如珍貴的中國的熊貓。香港也有一些特別的節日，例如中秋節，那天我們會玩燈籠、吃月餅、看滿月，一家人會聚在一起吃飯非常開心。

　　我覺得香港的教育制度和學習環境是比較好的，我在學校能遇到非常多的好老師，也能獲得非常多的機會，更可以代表學校參加比賽。香港有着各式各樣的美食，美麗的風景，完善的制度，這就是我喜愛的香港。

陳恩靚　九龍塘學校（小學部）

　　香港是一個繁榮的城市，有各式各樣的美食，有美麗的景色……使人生活得十分快樂。

香港擁有「美食天堂」的美譽，因為香港有種類繁多的美食。在英國殖民時期，受西方影響，出現了不少特色的美食例如：「菠蘿包」、「鴛鴦」……；除此之外，還有地道的街頭小食，如：燒賣、咖哩魚蛋等。品嚐完這些特色食物後，相信你能夠得到滿足和快樂。

香港人也十分樂觀、友善又樂於助人。儘管香港人工作十分辛苦，香港人總是把笑容掛在嘴邊，讓這個城市充滿了快樂。此外，香港也是一個充滿人情味的城市，香港人會互相禮讓、包容，讓這個城市充滿了歡聲笑語。

此外，香港也有很多美麗的景色。你可以到太平山山頂俯瞰整個城市繁華的美貌，或在城門水塘走走，或在香港最高的山——大帽山遠足。感受一下大自然給我們的美麗景觀，呼吸一下新鮮空氣，舒展身心，享受一下天倫之樂也是會令人十分快樂的。

香港——一個充滿歡樂的城市，總能帶給人歡樂。我們放下腳步，享受一下美麗又獨一無二的城市生活吧！

江誠峻　大埔舊墟公立學校（寶湖道）

你見過香港人過節的環境是多麼開心嗎？讓我介紹一下吧！

在國慶時，我們會在維多利亞港放煙花，連外國和內地遊客也會專程來看的。每年會放超過三萬個煙火，而且全都是關於祖國的事情、歷史和愛國。「是煙花呀！」在那時，每個人看到煙花後都是十分雀躍的，煙花就像蝴蝶一樣在飛舞，煙花真是十分的美麗呢！

在中秋節的時候，家人會叫一些親人來做節，而我的家人會跟親人開大食會，每一樣東西吃一些。飯後，我們一定會全家人團團

圓圓吃月餅、玩燈籠和賞月，有時也會猜燈謎，我們玩得十分開心，每位家庭成員都展露笑容。

在新年的時候，維多利亞港也會放煙花，更有無人機和歌手表演呢！每個人都會在這個時候展露微笑，非常開心。

我鼓勵大家每逢任何節日都展露自己的笑容，發揮開心香港精神！而且在其他國家也要發揮香港精神！

我們一起悅讀的日子 編委會架構

顧問：

香港中華出入口商會會長	貝鈞奇先生 , SBS, BBS, MH
香港中華出入口商會副會長 兼秘書長	溫幸平先生 , JP
香港中華出入口商會榮譽會長、 立法會議員	黃英豪博士 , BBS, JP
香港中華出入口商會榮譽會長	陳勁先生 , JP
香港中華出入口商會 永遠名譽會長	姚志勝博士 , GBS, JP
香港教育工作者聯會主席	黃錦良校長 , BBS

主席：

| 香港中華出入口商會副秘書長兼
工商事務委員會主席 | 李文斌先生 , MH, JP |

副主席：

香港教育工作者聯會副主席	梁俊傑校長
香港中華出入口商會常務會董兼 內地事務委員會副主席	張文嘉議員
香港中華出入口商會會董兼 工商事務委員會副主席	姚明耀先生

委員：

香港中華出入口商會副秘書長	王紫雲先生
香港中華出入口商會副秘書長	李志峰先生
香港中華出入口商會副秘書長	蔡德昇先生
香港中華出入口商會副秘書長	李淑媛女士
香港中華出入口商會會董	區艷龍女士
香港中華出入口商會會董	麥家昇先生

勇毅前行 ——「我們一起悅讀的日子」作文選

2023 香港書展 ——「我們一起悅讀的日子」活動

主　　辦：香港中華出入口商會、香港教育工作者聯會

協　　辦：零傳媒國際有限公司、香港書展

裝幀設計：　趙穎珊

排　　版：　肖　霞

印　　務：　龍寶祺

勇毅前行 ——「我們一起悅讀的日子」作文選

出　　版：　太平書局

　　　　　　香港筲箕灣耀興道 3 號東滙廣場 8 樓

發　　行：　香港聯合書刊物流有限公司

　　　　　　香港新界荃灣德士古道 220-248 號荃灣工業中心 16 樓

印　　刷：　美雅印刷製本有限公司

　　　　　　九龍觀塘榮業街 6 號海濱工業大廈 4 樓 A 室

版　　次：　2024 年 4 月第 1 版第 1 次印刷

　　　　　　© 2024 太平書局

　　　　　　ISBN 978 962 329 374 7

　　　　　　Printed in Hong Kong